Aus dem Inhalt

Erzählend streift die Münchner Autorin durch ihre Nachbarschaft und berichtet in kleinen, in sich abgeschlossen Geschichten, über alltägliche Begegnungen. Im Mittelpunkt stehen besondere und außergewöhnliche Menschen. Kleine Helden, grantige Alteingesessene, schimpfende Nachbarn und warmherzige Kioskbesitzer. Ihre Geschichten bringen den Leser gleichermaßen zum Lachen, zum Innehalten und zum Nachdenken. Sie alle sind so typisch München, wie der morgendliche Wahnsinn in Bus und Bahn, der unberechenbare Föhn und die Kunst über sich selbst zu lachen. Skurril, ein wenig absurd aber mit ganz viel Herz.

»Neues aus dem Vorderhaus« ist ein Wiedersehen mit alten Bekannten. Freuen Sie sich auf Herrn Meier, der zur Förderung eines gesunden Schlafes weiter großzügig Walnüsse in die Briefkastenschlitze wirft; auf Paul, der die Frauen des Viertels mit seinem Rhett-Butler-Lächeln noch immer in den Wahnsinn treibt und auf Frau Obst, deren schlechte Laune ungeahnte Ausmaße annimmt.

Autorin

Mitzi Irsaj ist eine Münchner Autorin, Bloggerin und leidenschaftliche Geschichtenerzählerin. Seit Anfang 2015 veröffentlicht sie ihre Erzählungen auf dem gleichnamigen Blog und liest regelmäßig im Rahmen

der Lesereihe des Münchner Theaterensembles Südsehen (www.suedsehen.de). Im Mai 2017 erschien
»Mitzi aus dem Vorderhaus, 2. Stock«.

Neues aus dem Vorderhaus

Mitzi Irsaj

Bibliografische Information der Deutschen Nationalbibliothek
Die Deutsche Nationalbibliothek verzeichnet diese Publikation in der Deutschen Nationalbibliografie, Details sind unter dnb.d-nb.de abrufbar.

Neues aus dem Vorderhaus
© Mitzi Irsaj
Alle Rechte vorbehalten.

ISBN: 9783749432776

Text: Mitzi Irsaj

Umschlagbild: Mira Alexander, www.miraalexander.de

Illustration: Mira Alexander, www.miraalexander.de

Satz: Mira Alexander, www.miraalexander.de

Drucker: © 2019

> Herstellung und Verlag: BoD – Books on Demand, Norderstedt.

Kontakt: Tanja Ullmann, Rathausstraße 5, 82024 Taufkirchen

INHALTSVERZEICHNIS

Für TG — gestern, heute und morgen.

Jetzt weiss es auch Paul

Ob ich noch ganz richtig ticken würde, wollte Paul gestern Abend am Aufzug von mir wissen. Selbst für meinen Nachbarn Paul, für den ein Schnalzen mit der Zunge als adäquate Begrüßung galt, war dieser Gesprächsauftakt ein wenig unfreundlich. Ich schob es auf ein Zuviel an Sonneneinstrahlung und zuckte nur mit den Schultern. Für mein Empfinden tickte ich durchaus richtig – und noch dazu in einem überaus fröhlichen Rhythmus. Ohne auf den möglichen Sonnenstich meines Nachbarn Rücksicht zu nehmen, drückte ich ihm einen Zwanzig-Liter-Sack Erde in die Arme und bat ihn, diesen zu halten, damit ich meine Post aus dem Kasten fischen konnte. Mit einem gemurmelten »Ihr spinnt doch« erhielt ich meine Erde zurück und sah den vermeintlich Kranken ohne eine weitere Erklärung recht flott die Treppen nach oben sprinten. Wenn es nicht die Sonne war, dann war es sicher ein weibliches Wesen, das Paul die Laune verdorben hatte. Da ich zwar ein weibliches Wesen, mir aber keiner Schuld bewusst war, kümmerte es mich nicht weiter.

Als ich am Saftstand vor meiner Wohnung vorbeikam und bei meinem Nachbarsjungen brav 50 Cent für einen lauwarmen Becher abgestandenen Apfelsaft bezahlte, dämmerte mir, warum Paul an meinem

Verstand zweifelte. Von seinem Fenster aus hatte er einen guten Blick auf den Laubengang vor meiner Türe, da er aber doch ein ganzes Stück entfernt im Hinterhaus wohnte, bekam er die wirklich wichtigen Dinge erst als einer der Letzten mit. Die guten Neuigkeiten hatten sich noch nicht bis zu ihm herumgesprochen.

Mit einem Glas kühlem Rosé in der Hand setzte ich mich etwas später in die Abendsonne auf die Bank vor meinem Küchenfenster. Barfuß. Neben mir ein vollbehangener Wäscheständer. Meine Wohnungstür ließ ich offen stehen. Wenn Sie sich fast sieben Jahre einen Laubengang mit Frau Obst geteilt hätten, dann wüssten Sie, dass sich das alles so verboten anfühlt, als würden Sie sich nachts nackt in die Waschküche schleichen. Ich winkte Paul, der auf seinem Balkon stand, mit meinen nackten Zehen zu, und er fuhr sich mit dem Zeigefinger über den Hals. Eine Geste, die mir bewies, dass er erstens wirklich nichts wusste und zweitens Frau Obst genauso gut kannte wie ich. Ein paar Minuten später betrat er den Laubengang und setzte sich neben mich auf die Bank. Auf seine Frage, ob ich ihm ein Glas Rosé anbieten würde, schüttelte ich streng den Kopf und deutete auf den Saftstand des kleinen Ludwigs. Erst müsse er etwas kaufen. In diesen Laubengang verirrten sich so wenige Menschen, dass die, die ihn betraten, unbedingt etwas konsumieren mussten. Zweifelnd betrachtete Paul das rosa Tischchen und den mintgrünen Kinderhocker, auf dem strahlend der Sohn meiner Nachbarin Judith saß. Der machte das Geschäft seines Lebens. Paul bezahlte nämlich mit einem Zehn-Euro-Schein und hatte nicht bedacht, dass Dreijährige nur selten Wechselgeld in der Tasche hatten. Durch die Sonne milde gestimmt, warnte ich Paul vor dem Saft. Ludwig war selbst sein bester Kunde, und in den Saftbechern schwammen Kekskrümel. Man schluckte die Brühe besser nicht. Dafür konnte man sie bedenkenlos in die Margeritenbüsche kippen, die seit gestern Vormittag den Laubengang zierten. Jene Blumen von denen Frau Obst behauptete, sie würden nach Verwesung stinken.

Als ich mein Glas mit Wein auffüllte, brachte ich Paul eines mit. Der hellblaue Teppich unter meinen nackten Füßen fühlte sich herrlich an und war auch viel schöner als der hässliche graue Schmutzfänger von Frau Obst. Den hatte ich am Morgen in den Müll geworfen. Ich stieß mit meinem Glas gegen das von Paul und deutete auf die schönen Windspiele aus Glas, die an beiden Enden des Laubengangs von der Decke hingen. Tonlos, aber Regenbogen werfend. Zum bestimmt fünften Mal schüttelte er wortlos den Kopf und lehnte sich dann an die Wand. Lachend schloss er die Augen.

»Ich weiß nicht, was die Alte macht, wenn sie das sieht, aber sie wird durchdrehen.« Er nahm einen Schluck Wein. »Sie verprügelt dich mit dem Besen.«

Er blinzelte zu Ludwig. »Und den Zwerg wirft sie über die Brüstung. Samt Puppenstube.«

»Saftstand«, verbesserte ich ihn, »das ist ein Saftstand«, und schloss ebenfalls die Augen.

Was Paul nicht wusste: Frau Obst wohnt nicht mehr rechts neben mir. Sie wohnt seit zwei Wochen links neben mir und hat somit im Laubengang nichts mehr zu suchen. Wenn Frau Obst jetzt ihre Wohnungstür öffnet, dann blickt sie in das sterile und kalte Treppenhaus. Der sonnige Laubengang, der wie ein weiterer Balkon ist, gehört nun Judith und mir, und eine Glastür trennt uns vom Hausdrachen. Die beiden haben nämlich die Wohnungen gewechselt. Jede wohnt nun in der Eigentumswohnung der anderen, weil der einen die Wohnung zu groß und der anderen die Wohnung zu klein geworden ist. Vor meinem Küchenfenster steht nun nicht mehr Frau Obst, die missbilligend die Wasserflecken auf den Edelstahlarmaturen in meiner Küche begutachtet, sondern es sind freundliche Gesichter, denen der Zustand meiner Küche herzlich egal ist. Seit einigen Tagen winken mir von dort Ludwig oder seine Schwester durch das Fenster zu. Die Kinder spielen im Laubengang, weil dort abends die Sonne scheint. Und genau deshalb hängen wir dort jetzt auch unsere Wäsche auf. Und abends sitzen wir draußen, halten unsere Zehen in die Sommerluft und haben es uns innerhalb kürzester Zeit sehr gemütlich gemacht. Nur das Zähneknirschen von Frau Obst, das durch zwei Türen und eine Wand bis zu uns zu hören ist, stört ein wenig. Ich denke, dass wir uns bald daran gewöhnt haben und es nicht mehr bemerken werden. Auch die Zettel in unseren Briefkästen können wir gut ignorieren. Auf dem heutigen ermahnte uns Frau Obst, dass wir bloß nicht auf die wahnwitzige Idee kommen sollen, im Laubengang zu grillen.

Paul besorgt gerade Grillkohle, und ich werde gleich reingehen, um den Nudelsalat fertig zu machen. Vielleicht übertreiben wir wirklich ein wenig. Obwohl ... nein. Wir holen nur sieben Jahre verschwendeter und ungenutzter Abendsonne nach.

MÄNNERELEND

Ich könne froh sein, kein Mann zu sein, sagte der geduldigste meiner Freunde mit einem kaum merklichen Augenverdrehen und nahm mir einen Sack Blumenerde aus den Armen. Ächzend warf er ihn über seine Schulter und setzte sich in Bewegung. Wortlos stimmte ich ihm zu. Ich war in der Tat erleichtert. Weniger wegen der zwanzig Liter Erde, die ich auch allein in den dritten Stock bekommen hätte. Wirklich froh, kein Mann zu sein, war ich, weil mir so die Blödheit erspart blieb, den Ehrgeiz zu entwickeln, alle Einkäufe auf einmal durch das Treppenhaus zu schleppen, um nur ja kein zweites Mal gehen zu müssen. Zufrieden mit der Zuteilung meines Geschlechtes trug ich den Rest – ein einzelnes, zartes Tomaten-Pflänzchen – nach oben und sorgte mich um den Puls des schnaubenden Mannes vor mir.

Ebenfalls froh, kein Mann zu sein, bin ich, wenn ich mit Freunden auf unserer Hütte bin und das Feuer im Grill angezündet werden muss. Als Frau kann ich mich entspannt nach hinten lehnen und bei einem Glas Rotwein interessiert beobachten, wie sie es ein ums andere Mal versauen. Mein Glas ist meist schon leer, wenn sich die geballte Männlichkeit nach einer halben Stunde trollt und nach Grillanzündern zu suchen beginnt. Während sie fluchend und schimpfend das Haus auf den Kopf stellen, mache ich das Feuer an. Ohne Grillanzünder und ohne viel Tamtam. Vermutlich gelingt mir das nur, weil mir nicht so viel Testosteron an den Fingern klebt. Durch Erfahrung klug geworden, lasse ich sie in dem Glauben, dass Reste ihrer groben Holzscheite in ihrer Abwesenheit ganz zufällig doch noch in Brand geraten sind. Zu Wort melde ich mich nur, wenn einer von ihnen die Flasche Brennspiritus im Schuppen entdeckt. Seit das Krankenhaus im Ort vor zwanzig Jahren geschlossen wurde, bin ich vorsichtig geworden.

Dass ich wirklich froh sei, kein Mann zu sein, teilte ich heute Nachmittag auch meinem Nachbarn Paul mit. Der stand nämlich seit über einer halben Stunde vor den Briefkästen und versuchte einen von ihnen mit einer Nagelfeile, einer Büroklammer und einem Schraubenzieher zu öffnen. Seine aktuelle Freundin hatte den Schlüssel abgebrochen. Ich sah es, als ich vorhin zur Post ging, und fand das Gezeter und die Versicherungen, dass der Schlüssel wohl morsch gewesen war, etwas albern. Ab und zu kann man ruhig zugeben, dass man sich einfach blöd angestellt hat. Paul hätte das sicher nicht überrascht, er kennt sie ja schon. Ich kenne seine Freundin auch. Letzte Woche stand sie im Waschkeller und war kurz vorm Weinen, weil sie sich nicht traute, die Türe des Trockners zu öffnen, da sich, drei Meter entfernt, in der hintersten Ecke des Raumes, eine kleine Spinne befand. Damals wie auch heute bewunderte ich die Geduld meines Nachbarn, der den leicht hysterischen Anfall seiner Geliebten gelassen über sich ergehen ließ. Als ich von der Post zurückkam, war Paul nicht mehr ganz so gelassen. Er fluchte bereits und hatte Schweißperlen auf der Stirn. Schon blöd, dass man als Mann nicht einfach mal den Hausmeister anrufen kann, damit er das Briefkastenschloss auswechselt. So wie ich meinen Nachbarn kenne, hatte er selbst auch schon mit diesem Gedanken gespielt, wurde aber vom bewundernden Blick seiner Freundin daran gehindert. Diese stand neben ihm und versicherte ihm immer wieder, wie schön sie es fände, wenn Männer sich selbst zu helfen wüssten. Man müsse ja nicht für jede Lappalie einen Handwerker rufen. Ich glaube, Paul sah das anders, denn die kleine Ader an seinem Hals schwoll bereits etwas an. Als ich meine Wäsche nach oben holte, stand Paul noch immer vor den Briefkästen, mittlerweile flankiert von einem Gesandten der Studenten-WG aus dem Hinterhaus und Herrn Iwanow. Man diskutierte den Einsatz einer Bohrmaschine.

Als die Herren in ihren jeweiligen Kellern verschwanden, um das schwere Gerät zu holen, nahm ich Pauls Hand. Nicht, um ihm Trost zu spenden, sondern um sie sanft in den Briefkastenschlitz einzuführen.

Mein eigener Schlüssel war vor drei Jahren abgebrochen. Nicht, weil er morsch war, sondern weil ich auf hohen Schuhen stolperte und mich blöd anstellte. Das ist aber egal. Wichtig ist, dass die Briefkastenschlitze in unserem Haus groß genug sind, um problemlos ein via Amazon geschicktes Paket mit der Taschenbuchausgabe von »Krieg und Frieden« zu schlucken. Auch für Männerhände ist es möglich, die Post herauszufischen, ohne den Briefkasten aufzusperren.

Meine pragmatische Lösung war Paul wohl zu weiblich. Im Treppenhaus war es laut geworden, und ich hörte Herrn Iwanow nach seiner Frau rufen. Da wir bei den Briefkästen keine Steckdose haben, wurde nun eine Leitung mittels Verlängerungskabel aus dem Küchenfenster der Iwanows verlegt. Ich bin wirklich froh, kein Mann zu sein. Manchmal tun mir die nämlich wirklich leid.

HILDES BLUMENKOHL

Eigentlich könne er ihn nicht ausstehen, den immer etwas zu matschig gekochten Blumenkohl seiner Hilde. Weil er aber die Hilde so gernhätte, äße er eben auch ihren Blumenkohl. So sei das eben, sagt Herr Mu. Wenn man jemanden gernhat, dann sähe man über die kleinen Macken im Charakter des anderen hinweg. Ich schmunzle und frage Herrn Mu, ob es denn wirklich ein charakterlicher Fehler ist, wenn man den Blumenkohl verkocht. Das erscheint mir etwas sehr streng. Auch Herr Mu schmunzelt. Nur, wenn man es aus purer Bosheit über mehrere Jahrzehnte hinweg immer und immer wieder machen würde. Dann könne man durchaus von einem unschönen Charakterzug sprechen. Herr Mu lächelt so versonnen, dass ich mir sicher bin, dass seine Hilde als Ausgleich sehr viele, sehr schöne Charakterzüge gehabt haben muss. Ich sage es, und Herrn Mu schüttelt den Kopf. Nein, seine Hilde sei ein rechtes Miststück gewesen. Den Blumenkohl zum Beispiel hätte sie nur deshalb ein ums andere Mal absichtlich verkochen lassen, weil er kurz nach der Hochzeit einmal feixend einen Scherz über die Ähnlichkeit von knackigem Gemüse und hübschen Frauen gemacht hatte. Ab jetzt sei es vorbei mit dem jungen Gemüse, meinte seine Hilde, und von da an gab es den

Blumenkohl und auch den Kohlrabi eben nur noch weich und lasch.

Herr Mu und ich sitzen an der Bushaltestelle und blicken auf den sicher noch knackigen Blumenkohl, der am Straßenrand liegt. Er ist wohl jemandem aus dem Einkaufskorb gefallen, der es nicht der Mühe erachtet hat, ihn wieder aufzuheben. Als ich eben an Herrn Mu vorbeiging, hat er mich grüßend auf das Gemüse hingewiesen. Es saß niemand bei ihm, also habe ich ihm ein wenig Gesellschaft geleistet. Jetzt sitzen wir beide an der Bushaltestelle, an der heute am Samstag nur selten Busse fahren, und schauen auf einen vergessenen Blumenkohl. An einem sonnigen Vormittag ist das gar nicht so schlecht. Ich weiß noch nicht, was ich heute Abend kochen werde, und der Blumenkohl wäre eine schöne Beilage. Herr Mu neben mir raucht, und mir wird ein wenig schlecht vom Geruch seiner Zigarillos. Jetzt, wo ich einmal sitze, kann ich aber nicht mehr aufstehen. Herr Mu muss erst fertigerzählen. Es dauert nicht lange, bis er mich mit dem Ellbogen leicht anstößt und fragt, ob ich denn gar nicht wissen möchte, warum er fast vierzig Jahre mit einem Miststück verheiratet geblieben war. Ich möchte es schon wissen und erkundige mich, ob es denn wegen des Geldes gewesen wäre. Ob die Hilde auf ihn angewiesen war. Harsch brummt er ein »Schmarrn« und erklärt, dass seine Hilde ihr Leben lang gearbeitet hat und ihn gar nicht gebraucht hätte. Aber er, fügt er nach einer

18

kurzen Pause an, er hätte sie gebraucht, seine Hilde. »Wissen'S«, sagt er, »eine echte Liebe ist es, wenn Sie ein Weibsbild gernhaben, obwohl's Ihnen einen solchen Blumenkohl vorsetzt.« Sie wird schon noch andere Vorzüge gehabt haben, die Hilde, merke ich an, und Herr Mu schmunzelt. »Einige«, sagt er. »Aber kaum charakterliche.«

Ich hebe ihm den Blumenkohl auf, und er steckt ihn in seine Plastiktüte. Heute tauschen wir die Rollen. Herr Mu steigt in den ankommenden Bus, und ich bleibe noch kurz sitzen. Ohne den Blumenkohl ist der Randstein gleich viel weniger schön zu beobachten, und ich stehe bald auf.

Daheim rennt mich jemand fast um, als ich zur Tür hereinkomme, reißt mir die Handtasche aus der Hand und zieht seinen Wohnungsschlüssel heraus. Wahnsinn, raunzt er mich an, diese Tasche sei ein schwarzes Loch, das selbst das verschlingt, was nicht einmal in seiner Nähe war. Er nimmt mein Gesicht in beide Hände, sagt mir, wie unglaublich dämlich und gedankenlos ich sei, und drückt mir einen Kuss auf die Stirn. Ich denke an Herrn Mu und daran, dass es wohl eine echte Liebe ist, wenn man über die Fehler des anderen mit einem so warmen Blick und einem Lächeln auf den Lippen spricht, dass es wie ein Kompliment klingt. Dem, der gerade aus meiner Wohnung stürmt, rufe ich hinterher, dass es das nächste Mal, wenn er kommt, Blumenkohl gibt.

Dann kommt er nie, höre ich ihn noch, und schließe die Tür. Ich weiß, dass es nicht stimmt.

FEIERTAG

Ich mag es, wenn es heiß ist. So heiß, dass man glaubt, man würde gegen eine Wand laufen, wenn man vom Schatten in die Sonne tritt. Die Hitze macht mich müde und schläfrig, und ich schleiche durch die Straßen meines Viertels. Ab 30 Grad kann ich in der Sonne nicht mehr schnell gehen. Ich schlurfe so langsam, dass mich alle Rentnerehepaare problemlos überholen können. Das dürfen sie ruhig – ich hab es ja nicht eilig, und meine Langsamkeit ist Balsam für die Seele. An Tagen, die kein Sonntag und trotzdem Feiertage sind, erhole ich mich. Dann mache ich am liebsten gar nichts. Besonders gut geht das an den brüllend heißen Sommertagen. Biergarten? Nein danke, da muss ich ja erst einmal hinkommen. An den See? Fein, aber lieber an einem Samstag und nicht heute. Heute reicht mir mein kleines Viertel. Das ist genauso schläfrig wie ich.

Wer wach sein möchte, wer sehen und gesehen werden will, der geht runter an die Isar, legt sich ins Schyrenbad oder stürzt sich ins Glockenbachviertel. Wer lieber nichts tut, bleibt in Giesing oder einem der anderen Viertel, die nicht auf den ersten Seiten der Reiseführer stehen. Da ist es heute schön ruhig. Nur wenige Straßen, die mit den Cafés, Biergärten und Restaurants, sind belebt, der Rest dämmert vor sich hin. Das können wir Münchner gut. Obwohl wir auf unseren Balkonen sitzen, fast alle Bänke unter den Bäumen besetzt sind und auf den Steinmäuerchen der Vorgärten Kinder sitzen, ist es ruhig, fast schon ausgestorben. Die anderen, die die Stille stören könnten, sind alle unterwegs. Wer geblieben ist, der dämmert vor sich hin, redet automatisch etwas leiser und schlurft recht langsam durch die Straßen. Autos fahren kaum. Wo sollten sie auch hinfahren? Sie sind ja schon in den Bergen, am See oder den anderen Vierteln, in denen heute mehr los ist. Es läuft auch niemand. Es ist viel zu heiß. Hetzen ginge sowieso nicht. Wohin auch? Heut' ist Feiertag, und alles hat zu. Gottlob. Weil Fronleichnam ist und weil ich ihm zu verdanken habe, dass hier noch keine Läden sonntags offen haben. Irgendein Nachbar hat schon das, was fehlt, und wenn er es nicht hat, dann gibt es das heute eben nicht.

An so ruhigen, fast stillen Feiertagen darf man »rumsandln«, dem Dolce Vita frönen und das Nichtstun genießen. Man kann ja nicht anders. Ich müsste saugen. Dringend. Würde ich es heute tun, Herr Meier würde an meinem Verstand zweifeln und mir noch vor Frau Obst eine Standpauke halten. Der Gute! Heut' wäscht auch niemand. An Feiertagen hängt man die Wäsche nicht in den Innenhof. Zum Glück! Ich müsste nämlich eigentlich, aber weil ich nicht darf, muss ich doch nicht. Für die Berge und den See ist es jetzt zu spät. Ich sitze mit einem Eiskaffee – die Eisdiele hat nämlich auf – auf dem Balkon und spitze die Ohren. Heut' hört man, was man sonst nicht hört. Jetzt gerade das Rauschen der Blätter im Wind von den drei Bäumen bei meinem Balkon, die fette Hummel, die sich auf die ersten Blüten in meinen Kästen stürzt, und das leise Murmeln von Herrn Iwanow, der sich nicht laut zu telefonieren traut. Ab und zu höre ich, wie Herr Meier unten in der Kneipe leise rülpst. Die hat zwar zu, aber er sitzt trotzdem davor und trinkt sein Radler, das er sich selbst mitgebracht hat. Irgendwo klappern Teller, und ein Skateboard schreddert durch die Straße, bevor es wieder still wird. Wenn der leichte Wind sich dreht, höre ich die Liveband aus dem Biergarten des Schinkenpeters. Aber nur ganz leise. Einschläfernd sind diese Geräusche. Und schön. Es ist das leise Murmeln der Stadt, wenn sie vor Hitze ächzt und stöhnt. Und jetzt entschuldigen Sie mich bitte. Die Stille macht mich schläfrig, und ich möchte mir noch schnell ganz langsam und gemütlich einen Eiskaffee holen.

JETZT SAMMA BEINAND

Ich entschuldige mich gleich am Anfang bei Ihnen.
Nicht für diese Erzählung, die könnte Ihnen schon
gefallen. Nein, für die grausame Einleitung, mit dem
Lamenti, dass früher alles besser war. War es aber
wirklich. Jedenfalls die Kampagnen der Münchner
Verkehrsbetriebe. Die aus meiner Kindheit kann ich
noch heute auswendig zitieren. Zum Beispiel: »Aus
dem Walkman tönt es grell, dem Nachbarn juckt's
im Trommelfell.« Manchmal ertappe ich mich dabei,
dass mir dieser Satz auf den Lippen liegt, obwohl
seit über zwanzig Jahren kaum noch jemand einen
Walkman besitzt. Vor Augen habe ich dann die
herrliche Zeichnung von Ernst Hürlimann, die jeder Münchner kennt. Aus der Abendzeitung, wo
sein Blasius allgegenwärtig war, aus den Büchern
Sigi Sommers oder eben aus den Kampagnen der
Münchner Verkehrsbetriebe, die gegen den Krach
aus Kopfhörern kämpften oder die damals noch nicht
verbannten Raucher auf den Bahnsteigen zur Rücksichtnahme ermahnten. Auch die Kampagnen in den
Jahren danach waren ganz in Ordnung. Nicht mehr
so charmant wie die Karikaturen, aber doch noch
ganz okay. Ich erinnere mich an Plakate, auf denen
die Fahrgäste Hand in Hand brav in Zweierreihen
warteten, um geordnet einzusteigen. Oder das Bild

eines Bahnsteiges, der übersät mit Schuhen war, da man diese vor dem Betreten – ganz wie zu Hause – auszieht. Freilich hatte das auch schon nicht mehr viel mit München zu tun. Aber wenigstens die Texte hatten in ihrem Hochdeutsch einen Hauch von München. Stand da »Sauber!«, dann war nicht nur die Abwesenheit von Schmutz gemeint, sondern auch ein Ausruf, der in Bayern gleichbedeutend mit »Sehr gut!« ist. Da warf man seinen Müll doch gleich viel lieber in die entsprechenden Tonnen.

In den letzten Jahren haben sich die Kampagnen verändert. Jetzt sind sie austauschbar und bleiben kaum noch im Gedächtnis. Ich vermute, dass der Verantwortliche aus Norddeutschland kommt und ihm zu München nicht viel mehr einfiel als Brezen, Dackel und ein Liter Bier. Anders kann ich mich die Omnipräsenz dieser drei Dinge nicht erklären. Vor kurzem haben sie ihn wohl rausgeschmissen. Oder er ist zurück nach Hamburg gezogen. Vielleicht auch in Rente gegangen. Jedenfalls kommen wir Fahrgäste seit Anfang Juni in den Genuss ganz neuer Kampagnen. Irgendeinem klugen Kopf ist wohl aufgefallen, dass der durchschnittliche Münchner in der Früh am Bahnsteig nur das liest, was ihm gefällt. Der Blick ist in ein Buch, eine Zeitung oder auf ein Handydisplay gerichtet. Den Dackel, der uns darauf aufmerksam machte, dass man alten Leuten einen Platz anbieten soll, den ignorierte der Münchner. Er blickte auch nicht in die vielen Faltblätter, die auslagen. Wahrscheinlich, weil er dachte, es geht ihn nichts an, weil ihn von da ja sowieso nur wieder der Dackel blöde angrinste und er gar keinen Hund hatte. Hätte er das Faltblatt gelesen, dann wüsste er, dass die Münchner Verkehrsbetriebe inständig darum baten, den Müll in die Mülleimer und nicht auf den Boden zu werfen. Damit die 90 Prozent der Ignoranten wissen, was Sache ist, werden sie nun schlicht und einfach angebrüllt.

Montagmorgen stand ich am Harras am Bahnsteig in der Sonne und las mein Buch. Plötzlich brüllt es dicht neben meinem Ohr: »Uschiiiiiiiiii!« Wäre mein Name Uschi, ich wäre vor Schreck ins Gleisbett gesprungen. Vor allem, weil man mich beschuldigte, meinen Müll einfach auf den Bahnsteig geworfen zu haben. Eine Brigitte wies mich zurecht und ermahnte mich, dafür zu sorgen, dass München sauber bleibt. Da sag ich nur: »Sauber!«, diesmal im Sinne von »Sieh mal einer an«, und hoffe, dass die Uschis Münchens diesen Schreck unbeschadet überstanden haben. Wer vor Entsetzen nicht hintenübergekippt ist, hat kapiert, dass es sich um eine Bandansage handelte. Eine, die alle fünf Minuten wiederholt und nach dem dritten Mal einfach überhört wird.

Einen Münchner müssen Sie, wenn Sie ihm falsches Verhalten näherbringen wollen, entweder amüsieren oder g'scheit anscheißen – also zurechtweisen. So wie der eine MVG-Mitarbeiter am Hauptbahnhof. Der saß zur Hauptverkehrszeit in seinem Glaskasten, presste seine Fingerspitzen gegen die Schläfen und wirkte sehr, sehr müde. Gebetsmühlenartig wiederholte er die Aufforderung, den Bahnsteig in seiner ganzen Länge auszunutzen, nicht zu drängeln und schließende Türen nicht gewaltsam offen zu halten. Wenn man so einen Fingerspitzen an die Schläfen pressenden MVG-Mitarbeiter sieht, dann sollte man seine S-Bahn vorbeifahren lassen und warten. Meistens lohnt es sich. Ich setzte mich, wartete und bekam dann das große Kino, auf das ich gehofft hatte. Plötzlich straffte sich sein Rücken, er rieb sich die Hände und beugte sich zum Mikrophon. Dann ging es los:

»So! Jetzt steigen wir alle nur noch an den mittleren drei Türen ein. Alle ... auch Sie mit dem karierten Sakko und Sie mit den ausgefahrenen Ellbogen ... alle pressen sich nur noch durch die mittleren Türen rein. Ja, genau ... schieben'S die Aussteigenden einfach wieder in den Waggon ... die kommen schon raus. Spätestens in Giesing ... da will eh keiner hin. Pressen, meine Herrschaften, pressen. Jetzt samma beinand. Benutzen Sie auf keinen Fall alle Türen zum Einsteigen. Schubsen Sie grad die mit dem Gehwagerl, die leisten keinen Widerstand, und schieben Sie sich nicht zur Mitte durch. Schön direkt an der Tür stehen bleiben. Und immer weiter aufs Handy schauen ... die Fallhöhe am Bahnsteig ist überschaubar ... jawohl ... «

Die Münchner lachten. Auch ein paar sprachbe-
gabte Hamburger schmunzelten, und unser MVG-
Mitarbeiter strahlte. Bis er seine Ansage auf Eng-
lisch zu wiederholen versuchte. Das ging nach hinten
los. Da fehlte die Ironie, und etwa dreißig Japaner
stürzten, bereits halb eingestiegen, wieder aus der
Bahn und suchten die angewiesene Tür. Ich fürchte,
der Mitarbeiter wird strafversetzt – ab morgen muss
er runter zum Ballett. Das findet jetzt werktäglich
zwischen 7 und 9 Uhr statt und ist auch neu.

Ballett zwischen U1 und U2

Ich kann Sie beruhigen. Der von mir in der vorangegangenen Erzählung beschriebene Mitarbeiter der Münchner Verkehrsbetriebe sitzt noch immer in seinem Glaskasten an den S-Bahngleisen des Hauptbahnhofes. Man hat ihn nicht, wie befürchtet, strafversetzt. Er darf die Fahrgäste weiter anschnauzen und für die gebührende Ordnung am Bahnsteig sorgen. Vielleicht hat man ihn sogar befördert. Heute Morgen ist mir nämlich aufgefallen, dass er eine zur Uniform passende Kappe trägt. Eine solche Kappe darf nicht jeder tragen. Jedenfalls nicht diejenigen, die einen Stock tiefer zum Ballettensemble gehören. Ich glaube, wenn Sie bei der MVG arbeiten, dann ist der Satz »Du bist ab morgen im Ballett« gleichbedeutend mit »Ab nach Sibirien«.

Dass der Münchner ein Hordentier ist, zeigt sich jeden Morgen und Abend an den Bushaltestellen und Bahnsteigen der Stadt. Nicht Herdentier. Ein Hordentier. So rennt die Horde völlig ungeordnet durch die Gegend, und man wünscht sich mehr als einmal einen Leithammel, der für ein Minimum an Ordnung sorgt. Der Versuch, das den Schaffnern zu überlassen, ist gescheitert. Sie haben es versucht. Über Jahrzehnte hinweg haben sie mit einer Engelsgeduld versucht, die Ein- und Aussteigenden mit

31

einem strengen »Zurückbleiben« am Blockieren der Türen zu hindern. Wie konsequent sie dieses eine Wort immer und immer wieder geflüstert, gesagt und gebrüllt haben, erkennt man leicht daran, dass es meinem lieben Blogfreund Jules so deutlich in Erinnerung geblieben ist. Genutzt hat es nichts. Die Horde rennt, trampelt, schubst und schiebt sich jeden Morgen taub und blind über den Bahnsteig. Es reicht ein Einzelner, der abrupt stehen bleibt, um Dutzende aus dem Takt zu bringen, und Dutzende treiben jeden Einzelnen in den Wahnsinn. Um die Horde im Zaum zu halten, versucht man vieles. Gelbe Striche auf dem Boden, die die Laufrichtung weisen, zum Beispiel. Sie sind sinnlos, da auch der Boden längst zur Werbefläche wurde, und leichtsinnige, noch nicht ganz wache Münchner doch tatsächlich stehen bleiben, um zu lesen, was dort steht. Besonders beliebt ist die Werbefläche direkt nach oder vor der Rolltreppe. Eingeweihte warten genau dort auf die S-Bahn und amüsieren sich über das Stocken der Horde und das laute Schimpfen der Rennenden über die Stehenden.

Seit neuestem versucht man, dem Münchner alles abzunehmen, was auch nur im Entferntesten ein Mitdenken erfordert. Man lässt ihn zum Beispiel nicht mehr selbst die Türen öffnen. Angeblich nahm das Drücken des Türknopfes an U- und S-Bahn zu viel Zeit in Anspruch. Die Türen öffnen sich jetzt alle gleichzeitig und ohne dass man irgendwas zu drücken hätte. Weil die Münchner aber neben den Horden auch Gewohnheitstiere sind, drücken sie trotzdem und werden fuchsteufelswild, wenn sich die Türe nicht sofort öffnet. Dass sie das nicht tut, liegt am Schaffner. Der ist nämlich auch Münchner, also auch ein Gewohnheitstier, und noch nicht vertraut mit seiner Aufgabe als Leithammel. In etwa drei Jahren werden wir es begriffen haben. Die Fahrgäste, dass sie nicht mehr drücken müssen, und der Schaffner, dass er unbedingt drücken muss. Bis dahin pressen wir uns gegen geschlossene Türen, fluchen, drücken und schimpfen, dass es eine Freude ist. Das Gegen-die-Türe-Pressen dürfen wir jetzt allerdings an den großen Bahnhöfen nicht mehr. Da steht jetzt das Sonderkommando der MVG und hindert uns daran. Tanzend.

Einer der größten U-Bahn-Bahnsteige am Hauptbahnhof ist der von der U1 und U2. Der Bahnsteig wird von zwei Gleisen begrenzt, auf denen abwechselnd die U1 und die U2 einfahren. Morgens im Abstand von drei bis vier Minuten. Um die Horden, die dort umsteigen, in den Griff zu bekommen, hat man über die ganze Länge des Bahnsteiges MVG-Mitarbeiter verteilt, die die einfahrende U-Bahn begrüßen und die Wartenden von der Bahnsteigkante zurückhalten. Elf sind es – ich hab sie gezählt. Elf äußerst missmutige Männer und Frauen, deren Blicke töten könnten. Kein Wunder. Ich würde auch nicht grinsen, wenn man mich nach Sibirien schicken würde oder mich zwänge, morgendlich zwischen all den Pendlern Ballett zu tanzen. Als Leser benötigen Sie nun etwas Phantasie und müssen sich an die schon oft gesehenen Arm- und Beinpositionen des klassischen Balletts erinnern. Bereit?

Die U1 verlässt den Bahnhof. Elf Mann atmen tief ein, straffen die Schultern. Sie lösen die Oberarme vom Oberkörper. Ihre Hände berühren sich nicht – vorbereitende Position der Arme. Die Füße leicht nach außen gedreht für einen besseren Stand – 1. Position der Füße.

Die Arme heben sich auf Höhe des Bauches – 1. Position der Arme –, um gegen mögliche Knuffe und Stöße der Fahrgäste gewappnet zu sein. Ein stabilerer Stand ist jetzt nötig – 2. Position der Füße.

Die Arme werden fließend von der 2. Position nach oben geführt – da sich die elf Tänzer zwischen all den Pendlern nicht in die Augen sehen können und gezwungen sind, sich per Handzeichen zu verständigen – die Schultern gehen nicht mit, fließend erreichen die Arme ihre Endposition – die 3. –, und der Tänzer sieht seine Hände, ohne den Kopf zu bewegen.

Die Primaballerina an der Rolltreppe und der Meistertänzer beim Lift winken kräftig, und die ganze Reihe – längst haben ihre Füße die 5. Position eingenommen ... Dann müssen Sie kurz die Augen schließen. Nicht die Tänzer, sondern Sie und ich.

Denn dann ... Sie glauben es nicht ... mit einer Vielzahl kleiner Pas de chat springen elf übergewichtige, missgelaunte MVG-Mitarbeiter auf die andere Seite des Bahnsteigs. Sie weichen den Fahrgästen aus, trippeln durch sie hindurch. Pas de chat ... Sie wissen schon, der kleine Katzensprung. Wenn Sie den nicht vor Augen haben, dann denken Sie einfach an den reizenden Tanz der vier kleinen Schwäne in Schwanensee, der ist ähnlich, und das MVG-Ballett würde sicher auch das Pas de quatre hinbekommen.

Leichtfüßig hüpft es schwitzend und schnaubend durch die Menge.

Ein angedeutetes Demi-plié – Kniebeugen mit nach außen gerichteten Knien, die Fersen auf dem Boden –, damit der Sitz der Uniform verbessert wird.

Für einen kurzen Moment erholen sich die Tänzer, schnauzen Fahrgäste an, irritieren Touristen mit einem Schulterzucken und verweilen einige Atemzüge ruhig in der 1. Position. Mit allem.

Die U-Bahn fährt ein. Der erste Akt endet mit dem Drücken des Knopfes an der Türe, und elf Mann stehen saublöd im Weg herum.

Wenige Augenblicke später beginnt es von neuem.

Sie müssen sich das selbst ansehen ... es ist wunderbar. Achten Sie auf den Dritten von vorne – ich habe ihn so gerne. Er ist der Einzige, der lächelt. Und der Einzige, der die Armpositionen ordentlich ausführt!

EHRLICHER NEID

Es heißt, Neid vergiftet Gemeinschaften, spaltet Freundschaften und zerstört die persönliche Zufriedenheit. Unter anderem definiert sich Neid als das schlechte Gefühl, das man hat, wenn andere etwas haben, das man selbst gerne hätte, aber nicht hat. Weil schlechte Gefühle, die auf dem Glück oder dem Besitz anderer beruhen, nicht mehr zeitgemäß sind, findet man auch kaum jemanden, der offen zugibt, neidisch zu sein. Ich schon. Ich finde es nämlich albern, zu behaupten, dass man nicht neidisch ist, während man seufzend und zähneknirschend genau das ist.

Die beiden jungen Mädchen in der U-Bahn sind neidisch. Die eine auf die in der Theater-AG ergatterte Hauptrolle der anderen, und die andere auf das Date einer wieder anderen am bevorstehenden langen Wochenende. Es ist ganz offensichtlich, dass beide gerne das hätten, was eine andere hat. Trotzdem versichern sie lautstark und mit sich überschlagender Stimme, dass sie es total toll finden, dass eine Ariane nun die Rolle der Maria hat und eine Leonie mit einem Felix am Samstag ausgehen wird. Neidisch sind sie natürlich nicht. Ich schon. Ich bin neidisch auf die großen Taschen der beiden Mädchen, die jede für sich einen eigenen Sitzplatz hat, während ich mit schmerzenden Füßen stehen muss. In diesem Fall vermischt sich mein Neid sogar mit Missgunst. Die Taschen haben die Plätze nicht verdient – ich schon. Denen gönne ich nichts. Den Taschen. Allen anderen gönne ich fast immer alles. Neidisch bin ich trotzdem, und ich finde, dass man das Gefühl ruhig ein wenig differenzierter betrachten sollte. Natürlich sind wir neidisch. Ständig. Auf den bevorstehenden Urlaub der Kollegen, auf das vom Vermieter neu gefliese Badezimmer der Freunde und die dicken, wunderschönen Locken der Frau an der Bushaltestelle. Missgönnen tun wir es ihnen deswegen noch lange nicht. Und als hätten sie meine Gedanken gehört, versichern sich die beiden nun, dass Neid ein abscheuliches Gefühl ist. Sagt die, deren Nase schon ein wenig gelb vor Neid ist, weil sie Felix und Leonie nun wirklich keinen schönen Abend gönnt. Beim missgünstigen Neid haben sie Recht. Der verdirbt die Laune, setzt sich an den Magenwänden fest und vergällt einem einen ansonsten schönen Tag. Der ganz pure »Ach, das hätte mir auch gefallen«-Neid ist in meinen Augen okay. Da kann man neidisch sein und sich zugleich mitfreuen. Ich glaube nicht, dass mir der das Karma versaut.

Sie unterhalten sich weiter, und ich bin ein bisschen neidisch auf die hübschen Sommersprossen auf den Schlüsselbeinen der einen. Ich gönne sie ihr, hätte sie aber auch gerne. Zumindest auf der linken Seite – auf der rechten Seite habe ich selbst welche.

Leider nur dort, das ist etwas unsymmetrisch. Man sieht es zum Glück nur, wenn man sein Gesicht ganz nah an meine Halsbeuge hält, was ich nicht allzu vielen erlaube.

Leonie – die mit Felix am Samstag das Date hat – ist in letzter Zeit etwas dick geworden, meint die eine. Die andere nickt ein wenig zögerlich und wird darauf hingewiesen, dass man das ruhig sagen könne, es sei ja nicht gemein, das zu sagen, sondern nur ehrlich. Ja, genau! Nur ehrlich. Wie ich diesen Satz hasse. »Ich bin nur ehrlich« ist ganz häufig der Auftakt zu einem richtig fiesen Satz. Ich bin nur ehrlich, das sagen Menschen oft, wenn sie nicht ehrlich, sondern einfach nur verletzend sind. Wie letzte Woche der Mensch neben mir spätabends in der U-Bahn. Er unterhielt sich mit seiner Freundin über den Herbst, den er gerne in den Bergen verbrachte. Sie strahlte ihn an, schmiedete Pläne über ein paar Tage, die man gemeinsam auf einer Hütte verbringen könnte, und schlug ihm vor, den Schachen zu besteigen, wenn die Temperaturen noch mild wären, sich die Blätter der Bäume aber schon verfärbten. Sein Arm lag locker über ihren Schultern, und seine Finger strichen über die Haut an ihrem Oberarm. Er lächelte, als er sagte, dass es bis zum Herbst noch lange hin sei und man nicht wissen könne, ob sie sich bis dahin überhaupt noch etwas zu sagen hätten. Ihr Strahlen erlosch in Zeitlupe, während sein Lächeln unverändert in den Mundwinkeln hing und seine Hand weiter ihren Arm streichelte. Er sah es, lächelte breiter und stieß sie an. Nun komm schon. Ich hab's nicht so gemeint. Ich bin nur ehrlich. Wer weiß, was im Herbst ist.

Er hatte es genau so gemeint, und es war ihm nicht rausgerutscht. Während sie sich freute, hatte er sich die Zeit genommen, Worte und Buchstaben zu einem festen Klumpen zu pressen, den er ihr ins Gesicht schleudern konnte. Nicht, weil er ehrlich war, sondern weil er ihr einen Dämpfer verpassen wollte.

Manche Gefühle sind aus Glas, echte Freude zum Beispiel. Wenn sich jemand wirklich freut, dann klingt das Lachen wie das Aneinanderschlagen von filigranen Gläsern. Ein solches Klirren hörte man auch von den Sitzen hinter mir und dem Paar, das für diesen Herbst nun keine Pläne mehr schmiedet. Weil es nun still geworden war, hörte man, dass auch die hinter uns über den Herbst sprachen. Auch in diesem Gespräch ging es darum, was man alles gemeinsam unternehmen könnte. Und auch dort sagte einer, diesmal sie, dass sie – ganz ehrlich – noch gar nicht wissen würde, was bis zum Herbst noch alles geschehen würde. Ihre Ehrlichkeit war echt. Sie zweifelte, aber sie verletzte nicht. Dort, wo sie ihren Gesprächspartner sanft ausbremste, hatte der andere vorhin seiner Freundin einen verbalen Schlag in die Magengrube versetzt.

Ich hoffe, dass die Frau mit gegenüber mit einem anderen auf den Schachen steigen wird. Denn – ganz ehrlich – der, mit dem sie das eben noch wollte, der ist nicht ehrlich, sondern nur ein Idiot. Auf den bin ich nicht neidisch. Eher auf ihre Handtasche, die ich auch schon im Laden gesehen habe, die mir aber viel zu teuer ist. Schauen Sie mich nicht so an, ich nehme sie ihr ja nicht weg. Ich hätte sie nur auch gerne.

Und würden Sie die reizenden Sommersprossen auf meinem rechten Schlüsselbein kennen, dann wären Sie darauf auch neidisch. Wahlweise auf den, der sie sich in lauen Sommernächten ansehen darf.

DAS KIND HAT SICH SCHON ÜBERGEBEN

München ist bekannt für seine vielen schönen Seen im Umland. Die Auswahl ist groß, und gerade in den Sommermonaten zieht es ganz München gerne an ihre Ufer. Fast ganz München. Die Giesinger eher nicht. Seetechnisch gesehen ist Giesing als Viertel nämlich recht benachteiligt. Freilich könnte man sich auf das Fahrrad schwingen und fröhlich pfeifend zum Deininger Weiher rausradeln. Bei über dreißig Grad vergeht einem das Pfeifen aber schnell, das fröhliche jedenfalls. Das auf dem letzten Loch begleitet einen schon – es geht nämlich immer isaraufwärts. Auch die anderen sind für uns keine echte Alternative. Der Riemer See ist künstlich und scheußlich, und zum Feringasee geht es zwar isarabwärts, aber da denkt man ja schon an dem Heimweg und hat keine rechte Freude. Für Bewohner des Alpenvorlandes ist der Münchner im Allgemeinen und der Giesinger im Speziellen nämlich recht faul. Mit der S-Bahn mag er auch nicht fahren, und mit dem Auto steht man sowieso nur im Stau, weil ja ganz München die gleiche Idee hatte und die Straßen verstopft. Es verwundert also nicht, dass man den Giesingern schon 1847 das erste Freibad vor die Nase gesetzt hat. Vermutlich auch, um ihnen ihr in der ganzen Stadt verschrienes hitziges Gemüt abzukühlen. Eiskalt soll das Wasser darin gewesen sein, erzählt man sich noch heute. Und dass es anfangs herrlich ruhig war. Seit 1938 nicht mehr – ab da wurden die Gatter auch für die Frauen geöffnet.

Wenn ganz München an die Seen fährt, dann bleibt der Giesinger lieber daheim in seinem Viertel. Da weiß er, was er hat. Im Sommer das Schyrenbad. Böse Zungen behaupten, dass es gesünder wäre, sich in die angrenzende Isar zu stürzen als in die vollgepinkelten Becken. Besonders gerne behaupten das die Schwabinger, wenn sie im Stau stehen und hoffen, den Starnberger See noch vor Sonnenuntergang zu erreichen. Der Giesinger bleibt sich treu. Der war als Kind schon im Schyrenbad und geht an besonders heißen Tagen auch heute noch dort hin. Allein schon, weil es nur dort am Kiosk noch den pappsüßen Puffreis in Regenbogenfarben gibt. Von dem wird einem immer ein wenig schlecht, vor allem dann, wenn man ihn mit lauwarmer Cola und Schokoladeneis kombiniert. Natürlich macht man es trotzdem. Der Giesinger ist traditionsbewusst. Was einen mit sieben Jahren nicht umgebracht hat, kann heute auch nicht schaden.

Letzten Samstag fragte mich eine Freundin aus dem Westend, ob ich nicht Lust hätte, mit ihr an den See zu fahren. Ob sie spinnt, wollte ich wissen, doch nicht heute am ersten Wochenende der Sommerferien. Dass sie komisch ist, die aus dem Westend, erzählte ich auch meinem Freund, als wir unsere Handtücher zusammensuchten. Wir waren uns einig. Am ersten Ferientag, da ließ man es ruhig angehen. Da schwingt man sich auf sein Fahrrad und fährt schnell runter zum Schyrenbad. Da stellt man sich für eine gute Stunde in die Schlange vor der Kasse und erleidet dort in der prallen Sonne fast einen Hitzschlag. Während man schwitzt und dampft – man ist ja schon außer Atem, weil es schwer war für das Radl, noch einen Platz zu finden – amüsiert man sich über die Deppen, die bei dem Wetter bis zum See rausfahren. Hier hat man das Wasser doch in der Nähe, und die knappe Stunde anstehen in der prallen Sonne ... mei, es ist Sommer, da ist es halt etwas wärmer. Außerdem kennen wir die Warteschlange noch aus unserer Kindheit, und man kann die Zeit bis zum Einlass damit überbrücken, alte Bekannte und Nachbarn zu begrüßen. Heute sind sie nämlich alle hier. In der Schlange – bei über dreißig Grad – trifft sich das ganze Viertel. Es schimpft über die langsame Kassiererin, schlägt vor, dass man doch mal Bäume pflanzen könne, damit man im Schatten ansteht, und plärrt seinen umher-rennenden Kindern hinterher, weil diese sich schon vor dem Betreten des Bades die Knie auf dem Beton blutig schlagen. Sie verhalten sich genau wie ihre Eltern vor dreißig oder auch vierzig Jahren und kle-ben schwitzend und dampfend Pflaster auf Ellbogen und Knie. Sie halten Schüsseln mit Apfelschnitzen und Tomaten vor Kindergesichter, diskutieren und resignieren, bevor sie den Geldbeutel herausrücken und ihre Kinder zum Kiosk schicken, vor dem sie selbst vor vielen Jahren standen.

Die ganz alten Giesinger sind schon seit sieben Uhr morgens vor Ort und haben sich bereits die besten Plätze gesichert. Alle anderen versuchen gar nicht erst, noch einen Schattenplatz zu erwischen, und lassen nach der Warterei erst einmal alles fallen, um sich ins Wasser zu stürzen. Als verantwortungsbewusste Erwachsene predigen wir unseren Kindern natürlich trotzdem, dass man nicht vom Beckenrand springt und sich erst abkühlen muss. Ungeduldig warten wir, bis sie das erste Mal untertauchen, und lassen uns dann heimlich vom Rand direkt ins Wasser pflatschen. Natürlich, ohne uns abzukühlen. Warum auch? Bei der Menge an Körpern im Becken ist die Wassertemperatur ähnlich der einer Badewanne. An Schwimmen ist selbstverständlich nicht zu denken. In den Sommerferien plantschte man dichtgedrängt, Schulter an Schulter und trocknete im Stehen oder Sitzen, weil das Liegen auf dem Handtuch nicht schön ist, wenn vor der Nase die Füße eines Fremden das eigene Handtuch berühren. Aber man kennt sich ja.

Später trifft man sich in der Schlange vor dem Kiosk wieder und denkt an die armen Münchner, die sich auf den Wiesen der Seeufer ausstrecken. Im kühlen Gras. Und das in einem Sommer, von dem man weiß, dass es vor Zecken nur so wimmelt.

Da loben wir uns den Beton, auf dem wir stehen. Natürlich ohne Schuhe. Es gibt wenig Schöneres, als sich die Fußsohlen auf heißem Beton zu verbrennen. Den neuen Holzsteg ganz rechts ignorieren wir. Wir und alle anderen – in Giesing mag man keine Veränderungen. Selbst dann nicht, wenn es bedeutet, dass man am Abend humpelt und den ganzen Heimweg lang über den nun wirklich nicht mehr zeitgemäßen Beton schimpft. Das Alibikind, das ich mir an diesem Wochenende ausgeliehen habe, hat sich bereits übergeben. Es ist zu heiß für Süßkram. Ich hab' es ihm gesagt, Apfelschnitze unter die Nase gehalten, diskutiert und resigniert. Während es mit wieder leerem Magen zum Abkühlen vom Beckenrand springt, esse ich vorsorglich schnell alle Reste vom Kiosk auf und spüre endlich auch die leichte Übelkeit, die unbedingt zu einem Freibadbesuch dazugehört.

Fast bin ich enttäuscht, als am Abend noch alle unsere Fahrräder am Baum stehen. Mindestens eines hätte geklaut werden müssen. Giesing ist auch nicht mehr das, was es einmal war. Nächstes Wochenende fahren wir an den Starnberger See. So schlimm ist der Stau gar nicht, vor den Parkplätzen wartet man auch nur eine knappe Stunde, und Zecken haben wir dieses Jahr noch keine gehabt. Oder vielleicht doch an die Isar. Grad hat es Hochwasser, und das Schwimmen ist verboten. Dafür ist die Strömung so stark, dass es einem die Füße wegreißt und man nicht in die Glasscherben im Flussbett tritt.

Kommen Sie gut durch den Sommer. Wenn Sie einen Münchenbesuch planen und baden gehen wollen – achten Sie auf eine robuste Konstitution, sonst wird's eng.

SCHWINDLIGER BETON

Immer wenn es regnet, denke ich an den Innenhof des Hauses, in dem ich aufgewachsen bin. Tief im Magen spüre ich dann das schlechte Gewissen des Vorschulmädchens, von dem ein kleiner Teil nie ganz erwachsen wurde. Der winzige Rest einer Vierjährigen hat noch heute ein schlechtes Gewissen. Sehr selten, wenn es nachts nach einem heißen Hochsommertag gewittert, träume ich dann, dass ich wieder ein kleines Mädchen bin. Eines, das mit seinen Stofftieren spricht und bei Sonnenschein stundenlang auf den Stufen im Treppenhaus sitzt und auf die Türe zum Hof starrt. Ich war das einzige Kind im Haus und vermute heute, dass mich die Nachbarn vielleicht für etwas zurückgeblieben hielten. Für Erwachsene war eben schwer zu verstehen, dass es sich durchaus lohnte, lange Zeit auf eine geschlossene Tür zu starren. Man hätte ihnen, den Erwachsenen, erst erklären müssen, dass sie nicht einfach hinstarren, sondern die Augen fast vollständig zusammenkneifen müssen und nur durch einen winzigen Schlitz blinzeln dürfen. Denn nur dann brach sich das Sonnenlicht im grobkörnigen Glas der Türe zum Hof, und nur dann sah man alle Farben des Regenbogens zugleich. Wenn man dann noch gleichmäßig monoton den Kopf von einer Schulter zur anderen drehte und ab und zu ganz schnell nickte, dann wurde einem herrlich schwindlig. Als Vierjährige merkt man nicht, wenn hinter einem getuschelt wird. Sonst hätte ich es vielleicht gelassen. Meine beste Freundin, damals und heute, war zum Glück ebenfalls ein wenig verhaltensauffällig. Sie nahm den Daumen nur aus dem Mund, um so schallend zu lachen, dass sich alle nach ihr umdrehten. Das konnte sie schon als Zweijährige. Sie war es auch, die den Schlachtruf »Wursti, Wursti« erfand. Auf ihr Kommando hin schnappten wir uns das Essen, das auf unseren Tellern lag, matschten es durch die Finger und erstickten fast an unserem Lachen. Wir praktizierten das einige Jahre, und ich frage mich heute manchmal, was in unserer Erziehung wohl falsch gelaufen ist.

Mit meiner Freundin saß ich auch oft in den Hinterhöfen unserer jeweiligen Wohnungen. Der ihre war grün und bestand aus Rasen, Bäumen und Balkonen. Der Meine war grau und beheimatete Mülltonnen, Fahrräder und Beton. Wir mochten sie beide. Den meinen vor allem, weil es dort die winzigen kleinen roten Spinnen gab, die an heißen Tagen über den Beton krochen. Die konnte man noch besser zermatschen als Essen. Finger drauf, drücken – und fertig war ein winziger roter Fleck. Ganze Bilder konnte man aus den Leichen der Baby-Spinnen gestalten. Ich hoffe inständig, dass es sich hierbei um das ganz normale Verhalten einer Drei- bis Fünfjährigen handelt. Ein schlechtes Gewissen habe ich deswegen nämlich nicht. Obwohl ich es hätte haben sollen. Das jedenfalls meinte unsere Hausmeisterin. Nicht aus Mitleid mit den Spinnen, sondern wegen der Flecken die wir produzierten. Sonderlich tierlieb war man in den Siebzigern noch nicht. Jedenfalls nicht, wenn es sich um winzige Insekten handelte. Wesentlich mehr Aufhebens wurde um ein paar Quadratmeter schönen, grauen Betons gemacht. Bei einem so schönen Beton konnte es schon vorkommen, dass unsere Hausmeisterin ihn gleich zweimal am Tag fegte und die Blumenkästen auf den Balkonen verfluchte. Herabfallende Blätter führten dazu, dass der hübsche Beton auch ein drittes Mal und sogar sonntags gefegt wurde. Ich mochte ihn als Kind auch. Wenn man sich im Sommer darauflegte und alle viere von sich streckte, dann wurde es schnell so heiß, dass man spürte, wie der Herzschlag an den Schläfen pochte. Das kam sonst selten vor und war mir deshalb willkommen. Wenn ich mich richtig erinnere, stiegen Nachbarn und Eltern meistens einfach über mich hinweg. Schwindlig wurde mir davon übrigens auch. Die Fugen im Beton waren nämlich mit einer klebrigen Masse aus Teer abgedichtet, und die stank im Sommer ganz fürchterlich. Nicht bis hoch zu den Fenstern, aber wenn man die Nase dicht über die Fugen hielt, dann schon. Das tat ich oft. Immer dann, wenn ich die Blasen, die an heißen Sommertagen entstanden, mit den Fingern aufdrückte. Stellte man sich geschickt an, dann spritzte aus

51

diesen Blasen ein wenig altes, im Moment des Platzens heißes, Wasser. Ich habe es geliebt, diese Blasen zum Platzen zu bringen. Unsere Hausmeisterin hat es gehasst. Wenn ich mit teerschwarzen Fingern die kleinen roten Spinnen zermatschte, wünschte sich die gute Seele des Hauses wahrscheinlich, dass auch das einzige Kind ebenjenes schnell auszog. Es war eine Freude und eine Sauerei zugleich. Von wegen, Kinder bräuchten Natur, um glücklich zu sein. Ich brauchte ein Minimum an Insekten, heißen Beton und viel stinkenden Teer.

Womöglich erklärt das einiges. Noch plagt mich manchmal das schlechte Gewissen. Immer dann, wenn es regnet. Meine ganze Kindheit über hörte ich in Gesprächen der Erwachsenen, dass die Tiefgarage unter dem Innenhof nicht ganz dicht sei. Experten kamen und gingen, aber nie hat einer herausgefunden, wie es möglich war, dass so viel Wasser durch die Betondecke sickern konnte. Es hörte auf, als wir auszogen. Angeblich, weil der Hof neu betoniert wurde. In Wahrheit aber, weil niemand mehr heimlich die Fugen auskratzte, wenn er Teerblasen zum Platzen brachte.

DIE FETTE TAUBE

Letzte Woche fing mich Herr Meier vor dem Haus ab und drückte mir einen Meisenknödel in die Hand. Normalerweise bekomme ich von Herrn Meier nur Nüsse geschenkt. Ich war irritiert. Herr Meier auch. Weil ich nichts sagte – und das selten bei mir vorkommt. Für die Taube, erklärte er mir, und ich sagte noch immer nichts. »Für die Tauben«, murmelte ich irgendwann und er schüttelte ungeduldig den Kopf. »Nicht für die Tauben, sondern für die Taube. DIE Taube, verstehst?«, fragte er mich, und ich verstand ihn nicht. Er nahm meine Hand. Wir würden jetzt hochgehen, und er würde den Meisenknödel an meinem Balkon anbringen. Ein Brett hätte er schon im Treppenhaus stehen. Langsam erkannte ich die Zusammenhänge. Der alte Meier wurde senil. Mitte der Woche hatte ich ihn schon dabei beobachtet, wie er ein Brett an der Brüstung seines Balkons angebracht hatte, und mich gewundert, was er mit dem scheußlichen Ding bezweckte. Am nächsten Tag befestigte er daran einen Ast und garnierte ihn mit Meisenknödeln. Im Hochsommer. Der arme alte Mann. Ich sah ihn mitleidig an und tätschelte seine Hand, in der er immer noch die meine hielt. Unwirsch schob er meine Hand weg und schubste mich stattdessen Richtung Haustür. Hopp,

hopp, er hätte nicht den ganzen Tag Zeit. Auch bei den Iwanows müsse er die Landebahn noch anbringen, deren Balkon grenze schließlich an die Zweige des Ahorns. Ich nickte verständig, obwohl ich nichts verstand, weil ihm bei seiner beginnenden Senilität ein verständnisvolles Lächeln sicher guttat.

Mit Senioren kenne ich mich nämlich aus. Ab einem gewissen Alter werden sie seltsam. Seit mein Vater in Rente ist, spricht er von anderen Rentnern zum Beispiel als »die Alten« und weigert sich, an der Skiliftkasse seinen Ausweis vorzuzeigen. Den Rabatt für Senioren will er nicht. Der ist für die Alten. Oder meine Nachbarin Frau Obst zum Beispiel. Die lächelt mich, seit sie ihren Fünfundsiebzigsten gefeiert hat, ab und zu an. Das hat sie früher nie gemacht. Altersbedingt vergisst sie in letzter Zeit, dass sie ihre Mitmenschen verabscheut. Und der Meier ... mei, der baut halt jetzt Landebahnen für Vögel und füttert sie im Hochsommer mit Meisenknödeln. Gegen Spatzen und Meisen hätte ich ja nichts, aber mit einer solchen Fütterung lockt er auch die ganzen Tauben an, und das muss nun wirklich nicht sein. Vorsichtig und langsam sprechend, weil ich noch nicht einschätzen konnte, wie senil er über Nacht geworden ist, erklärte ich ihm, dass das Futter wohl von den Tauben gefressen werden wird. Wir waren vor dem Lift, als er mich als dummes Ding bezeichnete und darauf hinwies, dass es doch eben genau dafür ist. Für die Taube. Die Behinderte.

Obwohl ich mit alten Menschen sehr geduldig bin, wurde es mir, als er mich in den Lift schieben wollte, zu dumm. Ich hatte keine Zeit und schob zurück. Erstaunlich klar erklärte mir Herr Meier dann, was er eigentlich vorhatte, und endlich verstand ich ihn. Seit einigen Tagen landete auf unseren Balkonen eine Taube. Genauer gesagt pflatschte sie auf den Boden, in die Blumenkästen oder schlitterte über die Brüstung. Das Tier hinkte ein wenig, wirkte aber ansonsten recht agil. Es gurrte, kackte und flog. Nur mit dem Landen hatte es seine Probleme. Und genau das erweckte wohl das Mitleid meines Nachbarn. Er könne das Pflatschen und Schlittern nicht mehr mit ansehen und würde dem armen Viech deswegen eine Landebahn bauen. Ich nickte. Aber nur kurz. Dann schüttelte ich den Kopf. Nicht auf meinem Balkon. Herr Meier öffnete den Mund, und ich unterbrach ihn. Da er wohl doch nicht senil, sondern schlicht wahnsinnig war, machte ich das sehr konsequent. Auf meinem Balkon werden sicher keine Tauben gefüttert. Diese Ratten der Lüfte.

Mein Nachbar Paul kam die Treppen herunter, sah Meier und seine Bretter und grinste. Das solle er sich sparen, das Grinsen, polterte der Meier und fuchtelte wütend mit den Fingern vor Pauls Gesicht. Einen so hartherzigen Menschen wie ihn hätte er noch gar nie nicht erlebt. Ein armes Lebewesen verhungern zu lassen sei grausam. Bei Paul war Herr Meier also auch schon gewesen. Bevor eine Taube zum Nachbarschaftsstreit führen würde, versuchte ich, zu deeskalieren. Ob er sich den pflatschenden Vogel einmal angesehen hätte, fragte ich ihn. Fett sei er, so fett, dass man ihn sicher nicht noch füttern müsse. Leider hielt Paul nichts von Deeskalation und warf, noch immer grinsend, ein, dass die Taube möglicherweise nicht fett sei, sondern ihr Bäuchlein vor Hunger aufgebläht wäre. Herr Meier beschimpfte jetzt Paul und unterstellte ihm, ihn zu verarschen und überhaupt grundsätzlich nur Schmarrn zu reden. Erst als Paul mir zuzwinkerte, verstand ich. Das war meine Chance, abzuhauen und Herrn Meier zu entwischen. Manchmal war Paul ein Schatz. Am Abend sah ich Herrn Meier auf Pauls Balkon. Er lehnte an der Brüstung, die jetzt eine Taubenlandebahn hatte, und hielt ein Bier in der Hand. Paul nickte mir zu, zuckte mit den Schultern und stieß mit Herrn Meier an.

Auch auf meinem Balkon befindet sich nun ein Brett – die Landebahn – und Vogelfutter. Alles für die fette behinderte Taube, die nach wie vor jedoch lieber in meinen Blumenkästen landet. Ihre gefühlten 80 Freundinnen aber schätzen das reichhaltige Futterangebot unseres Hauses sehr. Bis heute weiß ich nicht, was Herrn Meier dazu bewegt, sich so für diese seltsame Taube einzusetzen. Vielleicht war er irgendwann als kleines Kind krank und hat über Wochen eine Taube auf dem Fensterbrett beobachtet. Ich weiß es nicht. Aber es rührt mich. Trotzdem kann es so nicht weitergehen. Die Nachbarn von der anderen Straßenseite beginnen bereits mit ersten Protesten. Ich halte mich heraus. Es wird sich von allein erledigen. Die Nachbarn aus dem Hinterhaus fangen an, Paul Zettel in den Briefkasten zu werfen, und fordern die sofortige Demontage der Landebahn. Auch im Vorderhaus rumort es. Frau Obst überlegt bereits, ein Netz an ihrem Balkon anzubringen, und am schwarzen Brett mehren sich die Hinweise auf von Tauben übertragene Krankheitserreger. Herrn Meier spricht niemand an. Es ist Paul, der die Zettel beantwortet und die Kommunikation am schwarzen Brett übernommen hat. Wir sind uns nämlich noch nicht ganz sicher, ob der Meier nicht doch langsam zu spinnen anfängt.

Ferienpass für Paul

In unserem Haus ist es still geworden. Sommerstill. Während der großen Ferien ist gut die Hälfte der Bewohner ausgeflogen. Die Studenten sind nach den Prüfungen in ihre Heimatstädte gefahren, und die Familien haben Koffer und Kinder in das Auto gestopft und haben sich Richtung Süden aufgemacht. Auch ein Großteil derer, die nicht auf die Sommerferien angewiesen sind, nutzen die Hochsaison, um zu verreisen. Sie machen es, weil sie schon als Kind mit ihren Eltern im August in den Urlaub gefahren sind und man sich nur schwer von langjährigen Traditionen trennen kann. Paul und ich nicht. Wir sind daheimgeblieben und haben das Haus fast für uns. Ein Zustand, der mehr als ungewöhnlich ist. Die Maschinen im Waschkeller sind nicht besetzt, die Altpapiertonne quillt nicht über und der Aufzug fährt in den vierten Stock, ohne auch nur einmal für andere Bewohner anzuhalten. Fast schon unheimlich, gestehe ich Paul, als wir uns im Waschkeller treffen und unsere Maschinen füllen. Er lacht mich aus, nickt aber. Viel zu still sei es, beschwert er sich. Für eine solche Ruhe sei er nicht in die Großstadt gezogen. Gegen plötzliche ferienbedingte Einsamkeit in der Großstadt empfehle ich ihm einen Gang zur Post. Dort ist die Schlange nicht kürzer geworden.

Um den Kunden ein Gefühl der Vertrautheit zu vermitteln, hat man drei der vier vorhandenen Schalter kurzerhand geschlossen und lässt den zuhause gebliebenen Rest in gewohnter Manier schön lange warten. Paul lacht nicht. Die ruhige Stadt nervt ihn.

Später hängt er die einzige in seinem Besitz befindliche Garnitur Bettwäsche in meinem Laubengang auf. Auch das nervt ihn. Im August steht die Sonne nicht mehr im richtigen Winkel, um die Wäsche auf seinem Balkon bis zum Zubettgehen durchzutrocknen. Motzend und schlecht gelaunt rückt er meinen Wäscheständer in den Schatten und platziert den seinen vor meinem Küchenfenster. Maulend rückt er ihn einen Meter nach rechts und dann wieder nach links, um den idealen Winkel zum Sonnenverlauf zu finden. Je mehr er schimpft, umso mehr erinnert er mich an einen achtjährigen Jungen, dessen Eltern ihm zum Ferienbeginn eröffnet haben, dass man dieses Jahr nicht ans Meer fahren könne, sondern zu Hause bleiben müsse. Als wir Kinder waren, bekamen diese armen Exemplare den Ferienpass der Stadt München in die Hand gedrückt. In der ersten Ferienwoche, wenn alle ihre Koffer packten, war das Ding purer Hohn. Aber dann, wenn man sich zusammenrottete, dann wurden es meist besonders schöne Ferien, in denen man die Angebote der Stadt gerne nutzte. Paul weiß das nur noch nicht, denn er hockt maulend, Selbstgespräche führend, vor meiner Tür und beobachtet die Laken beim Trocknen. Nach einer halben Stunde reicht es mir. Die schlechte Laune meines Nachbarn schwappt durch die offenen Fenster bis auf meinem Balkon und verdirbt mir den Sonntag. Los, fordere ich ihn auf, wir gehen raus. Ich will sehen, ob die Isarauen wirklich durch die Öffnung des Sylvensteinspeichers überschwemmt sind. Er nennt mich eine Katastrophentouristin, steht aber auf.

Mit Paul, der stumm und verstockt hinter mir herradelt, weiß ich nun, wie sich meine Eltern fühlten, wenn sie versuchten, mich für einen Ausflug zu begeistern. Zum Glück bin ich nicht seine Mutter. Ohne pädagogische Verpflichtung kann ich seine Laune ohne schlechtes Gewissen mit Alkohol aufbessern. Mit zwei Bier in der Hand setze ich mich neben ihn auf die Brücke am Flaucher. Angesichts der Wassermassen schnalzt Paul beeindruckt mit der Zunge, ist aber noch immer verstimmt. Das äußert sich in der etwas zu laut gestellten Frage, warum sich an der Isar eigentlich überwiegend die Menschen komplett ausziehen, die man nun wirklich nicht nackt sehen möchte. Zwei etwa fünfzig Jahre alte Freunde der Freikörperkultur heben den Kopf und zeigen sich bereit, die Frage mit Paul auszudiskutieren. Bevor sie die Treppen zur Brücke erreichen, hauen wir ab. Das erste Mal an diesem Tag lacht mein Nachbar, und ich schlage ihm vor, doch auch noch die nackten Frauen am nächsten Steg zu beleidigen. Vehement schüttelt er den Kopf. Wenn er eines in den letzten fünfundzwanzig Jahren gelernt hätte, dann, dass es wenig Gefährlicheres gäbe, als sich über den Körper einer Frau zu äußern. Diese Einsicht hält ihn jedoch nicht davon ab, den sonnenbadenden Frauen ein breites Grinsen zuzuwerfen. Es ist ein wenig zu breit, um als höflich gelten zu können. Langsam läuft Paul zu altbekannter Form auf. Im Biergarten beleidigt er eine junge Frau, indem er ihren Hund zerzauste Ratte nennt, und flirtet ungeniert so lange mit der Kassiererin, bis die ihm eine Breze aus der Trinkgeldkasse spendiert, weil wir nicht genügend Geld dabeihaben.

Kaum zu glauben, dass Paul, der seit Jahren in Giesing wohnt, noch nie bei Sonnenuntergang am Grünspitz saß. Verächtlich nennt er das Areal, auf dem früher ein Autohändler beheimatet war, »ein wenig assi und schäbig«, und ich frage mich, was er erwartet – auf den ersten Blick ist das ganz Giesing. Zum Glück, denn es hält uns die Schwabinger und Haidhausener vom Hals. Am Nachmittag, nachdem wir Geld geholt haben, sitzen wir dort und teilen uns eine, mit dem letzten Euro gekaufte, Kugel Eis. Am Grünspitz weiß man nie, was einen erwartet. Auch das ist typisch Giesing. Heute eine Band aus Schweden, eine Handvoll verkaterter Sechziger-Fans und Eltern mit Kindern, die keine Lust haben, die Angebote des Ferienpasses zu nutzen.

Zu Hause angekommen, schicke ich mein vormals schmollendes Ferienkind in seine Wohnung, um zu duschen. Später darf er mit einer Flasche kaltem Rosé noch einmal wiederkommen. Bis dahin sollte auch seine Wäsche trocken sein. Auf dem Ständer liegt ein Zettel, der mich darauf aufmerksam macht, dass der Laubengang doch bitte frei zu halten sei. Frau Obst hatte ich ganz vergessen. Die ist natürlich auch nicht in Urlaub gefahren und hat ein Auge auf den kläglichen Rest der Hausbewohner. Ein Glas Rosé werden wir ihr anbieten und froh sein, wenn sie ablehnt. Frau Obst ist auch im hohen Alter noch das Kind, mit dem niemand spielen möchte.

»Woin'S a Zwetschgnrohrnudel?«, ob ich eine Zwetschgenrohrnudel wollen würde, fragte mich Herr Mu heute Morgen an der Bushaltestelle. Weil ich bei dreißig Grad schon am frühen Morgen bei solchen Angeboten etwas misstrauisch bin, erkundigte ich mich, wie lange er die Zwetschgenrohrnudeln schon in den Tiefen seiner Tasche mit sich herumschleppte. Herrn Mu kann man so etwas fragen. Herr Mu ist nie beleidigt und grinste auch heute Morgen. Ohne zu antworten, beugte er sich über die große Plastiktasche und teilte mir mit, dass ich gleich schlecken und juchzen würde. Die Zwetschgenrohrnudeln seien nämlich von der alten Huber. Ich kenne die alte Huber nicht, aber Zwetschgenrohrnudeln von alten Frauen sind eigentlich immer besser als die vom Bäcker. Als Herr Mu sich wieder aufrichtete, war ich mir sogar sicher, dass die Rohrnudeln etwas besonders Feines waren. Sie waren nämlich in Pergamentpapier eingeschlagen und nicht in eine lieblose Plastikdose geworfen worden. Ich nickte. Ja, so eine Zwetschgenrohrnudel nahm ich gerne. Herr Mu reichte mir eines der Prachtstücke, und ich bot ihm einen Tausch an. Da er für mein Mittagessen gesorgt hatte, konnte ich ihm leicht das Meine abtreten. Rohrnudel gegen Kichererbsensalat. Herr Mu verzog den Mund und schüttelte den Kopf. So etwas Gesundes würde er nicht essen. Einen Mann wie Herrn Mu muss man aber nur lange genug ansehen, und er knickt ein. Nach zwei Atemzügen nahm er meine lieblose Plastikdose und versprach, den Salat wenigstens einmal zu probieren. Die Dose verschwand in seiner Plastiktüte, und mir fiel ein, dass ich vergessen hatte, beim vietnamesischen Backshop eine Pfandflasche zurückzugeben. Schnell lief ich noch einmal zurück. Eine Entscheidung, die ich schnell bereute.

Normalerweise ist es kein Problem, eine Flasche zurückzugeben und den Bus in die Arbeit trotzdem noch zu erwischen. In letzter Zeit aber ist es etwas schwierig geworden, den Backshop unter einer Verweildauer von etwa zehn Minuten wieder zu verlassen. Um genau zu sein, seitdem Herrn Nguyens Schwiegermutter zu Besuch ist und im Laden hinter dem Tresen sitzt. Die alte Dame scheint mir sehr geschäftstüchtig zu sein. Denn immer dann, wenn sie der Meinung ist, dass man zu wenig eingekauft hat, springt sie auf und überschüttet einen mit einem vietnamesischen Redeschwall. Diesen kombiniert sie mit einer wilden Mimik und deutet so lange auf den Teil der Auslage, der mit asiatischen Spezialitäten bestückt ist, bis man etwas kauft. Herrn Nguyen ist das sehr unangenehm. Man sieht es ihm an. Er versucht, die rabiaten Verkaufsversuche der Verwandtschaft abzuschwächen, indem er behauptet, dass es sich nicht um eine verkaufssteigernde Maßnahme handelt, sondern die alte Dame nur die Spezialitäten ihres Landes zum Probieren anbieten möchte. Kostenlos. Sie sollten das Gesicht der Schwiegermutter sehen, wenn es einer wagt, sich tatsächlich nur ein kleines Gebäckstück in den Mund zu stecken. Weil ich es nicht riskieren wollte, in dieses Gesicht zu sehen, aber noch nicht auf der Bank war und mein Pfand nicht reicht, um etwas zu kaufen, bot ich schweren Herzens die Zwetschgenrohrnudel von Herrn Mu zum Tausch gegen etwas Undefinierbares, aber gut Riechendes an. Frau Nguyen strahlte, und ich rannte zum Bus.

Mittags roch die Tüte mit vietnamesischen Spezialitäten nicht mehr ganz so gut. Ich hatte vergessen, sie in den Kühlschrank zu legen, und fünf Stunden in einer dunklen Handtasche auf einem sonnigen Fensterbrett haben ihr nicht gutgetan. Mit knurrendem Magen trauerte ich meinem Kichererbsensalat hinterher, freute mich aber, dass Herr Mu seinen kulinarischen Horizont dank mir ein wenig erweitern konnte. Ich tauschte meine letzten Kekse aus der Schreibtischschublade gegen ein belegtes Brot einer Kollegin und hielt so bis zum Abend, notdürftig versorgt, durch. Zu Hause hörte ich Herrn Meier und Frau Obst schon im Aufzug streiten und wäre am liebsten gar nicht erst ausgestiegen. Die beiden streiten nämlich mit Vorliebe vor der Tür zu meinem Laubengang, und es ist unmöglich, an meinen Nachbarn vorbeizukommen, ohne Partei ergreifen zu müssen oder – weit schlimmer – selbst in den Streit hineingezogen zu werden. Allein der Hunger trieb mich voran. Polternd und schimpfend stand Herr Meier vor der Türe von Frau Obst und beschwerte sich, dass die sein Fahrrad einen Meter zur Seite gestellt hätte. Kaum sah sie mich, stürzte diese auf mich zu und hoffte auf Unterstützung in der Fahrradfrage. Ich bin selten auf der Seite von Frau Obst, aber auch mich hatte das Rad, das grundsätzlich genau vor der Kellertür steht, in den letzten Tagen genervt. Weil ich Herrn Meier aber lieber als Frau Obst mochte, konnte ich das nicht zugeben. Außerdem wurde ich von einer Plastikdose in Herrn Meiers Hand abgelenkt. Sie sah der meinen recht ähnlich und beinhaltete Kichererbsensalat.

Ohne auf die Frage nach dem Schuldigen in der Fahrradfrage einzugehen, drückte ich Herrn Meier die mittlerweile streng riechende Tüte aus dem Backshop in die Hand. »Vom Vietnamesen«, teile ich ihm mit, und gab damit Frau Obst das Stichwort. Sie mag sie ja nicht, die Vietnamesen, und begann sofort, loszukeifen. Jetzt war es leicht, wieder mit Herrn Meier einer Meinung zu sein. Vor allem, weil er mir zum Tausch meinen Kichererbsensalat in die Hand drückte. Als ich ihn später aß, fragte ich mich, durch wie viele Hände er gegangen war, und entschied mich, das lieber nicht wissen zu wollen. Wo die Zwetschgenrohrnudeln von der alten Huber aber mittlerweile gelandet sind, das würde mich schon interessieren.

ALTER EGAL

Obwohl es gestern erst den ganzen Tag geregnet hat, ist es heute schon wieder angenehm heiß. Zu heiß würden viele behaupten; angenehm italienisch warm, sage ich. Obwohl es in München im Sommer recht warm wird, gibt es nur wenige italienische Wochen. Solche Wochen zeichnen sich nicht nur durch die Temperatur aus. Vielmehr erinnert sich an diesen Tagen die ganze Stadt, dass sie sich tief im Herzen dem Süden häufig verbundener fühlt als dem Norden. An solchen Tagen gehen die Münchner langsamer, schlendern mehr und bleiben noch lieber für ein Schwätzchen stehen. Die Münchnerinnen tragen schönere Kleider, höhere Schuhe und ein bisschen mehr Rouge auf den Wangen. Sie tun es, weil die Münchner Männer in jenen Tagen ihren Charme zusammenkratzen und häufiger anerkennend lächeln, wenn ein schönes Kleid an ihnen vorbeiläuft. Und wenn die Münchnerin ein besonders großes Glück hat, dann trifft sie auf einen Italiener, der das Ganze noch ein bisschen besser als der Münchner kann.

Hinter mir, in der Tram, hat eine ein solches Glück. Ich sehe sie nicht, weil wir beide, sie und ich, in Fahrtrichtung sitzen. Aber ich höre, wie sie sich umständlich entschuldigt, als sie beim Einsteigen wohl mit ihrer Tasche den Sitznachbarn ein wenig anstößt. Auch der entschuldigt sich. Dafür, dass er sie nicht versteht und nur Italienisch spricht. Italiano. Ein einziges Wort reicht, und die Frau hinter mir beginnt zu seufzen. So seufzt man nur, wenn man eine große Sehnsucht in sich trägt, und fast hätte auch ich geseufzt. Die beiden Fremden tun mir einen großen Gefallen und beginnen, sich zu unterhalten. Wie schön das klingt, sein Italienisch, mit dem er ihre ersten zaghaften und holprigen Sätze lobt. Nein, sie würde sehr gut Italienisch sprechen, lügt er und erkundigt sich, wo sie es gelernt hätte. Sie antwortet auf Deutsch, ringt nach Worten und seufzt dann einfach nur. Der Italiener lässt ihr Zeit, das Chaos in ihrem Kopf zu ordnen, und teilt langsam sprechend mit, dass er aus Venedig stammt. VENEZIA?!? Die Münchnerin beginnt zu quieken. Stammelnd erklärt sie Venedig zu ihrer liebsten italienischen Stadt und vergisst, dass sie eigentlich nun wirklich kein Italienisch spricht. Beherrscht man nur wenige Brocken einer fremden Sprache, ist es von großem Vorteil, diese Tatsache zu vergessen oder zu ignorieren. Denn nur dann schafft man es, mit einem Minimum an Wortschatz ein erstaunlicherweise recht flüssiges Gespräch zu führen. Und nur weil ich das weiß, halte ich den Mund. Zu gerne hätte ich mich umgedreht und ihr das italienische Wort für Sommer zugeflüstert – da reden die beiden nämlich aneinander vorbei. Ich lasse es, weil die Stimme der Frau so glücklich ist und sich vor Begeisterung, einem echten

Venezianer gegenüberzusitzen, fast überschlägt. Sie erzählt von ihren vielen Besuchen in seiner Heimatstadt, und ich lächele still in mich hinein, weil sie so klingt wie ich bei meinen ersten Besuchen in Italien. Da saß auch ich zwischen Italienern und führte Gespräche, obwohl mir die Sprache noch fremd war.

Die Synagogen in Venedig haben sie besonders beeindruckt. Das sagt sie nicht wirklich, aber sie macht es deutlich, indem sie die erste, die sie besucht hat, als »bellissima« beschreibt, die zweite mit einem begeisterten Quieken und Schnauben lautmalerisch umschreibt und die dritte mit einem inbrünstigen »WOAH!« lobt. Der Italiener versteht. In seiner Stimme hört man die Freude über so viel Begeisterung. Geduldig zählt er weitere Sehenswürdigkeiten auf, die mit unterschiedlicher Intensität verschiedenster Freudenquiekser als bekannt und besucht bestätigt werden. Manchmal klingt die Freude der Frau fast wie ein leichtes Grunzen. Dazwischen das feine Flirten des Mannes. Mehrfach hat er ihr schon angeboten, dass er sie gerne an die schönsten Orte führen würde, und bestärkt durch ihr »bello, bellisimo« erklärt er sie kurzerhand zu einer Frau mit einem besonderen Gespür für die Schönheiten einer Stadt. Wahrscheinlich versteht sie nur die Hälfte, wenn überhaupt, aber sie versteht, dass er ihr gerne zuhört, und müht sich weiter auf Italienisch ab, erzählt von ihrer Schwester, mit der sie Silvester in Rom gefeiert hat und verneint glucksend-lachend die

Frage nach einem Ehemann. Venedig ist nicht mehr wichtig, jetzt geht es um Familie und die Liebe. Auch da reichen ein Glucksen, ein Seufzen und ein Lachen, um Rede und Antwort zu stehen. Als ich aufstehe, um auszusteigen, frage ich mich, ob die beiden noch einen Kaffee trinken gehen werden.

Sie werden es wohl nicht. Die Frau, die ich anhand ihrer Stimme auf Mitte dreißig geschätzt habe, ist um die siebzig und er gerade einmal halb so alt. Obwohl, vielleicht tun sie es doch. Nicht flirtend, wie ich ihnen unterstellte, sondern lachend, glucksend und mit großer Freude. Italienischer Charme und Jungmädchen-rote Wangen – da ist das Alter doch egal.

FREMDE MÄNNERKNIE

Männer ... wunderbare Geschöpfe. Ich mag sie ja. Verstehen tue ich sie nicht, muss aber auch nicht sein. Vielleicht besser so. Nur eines, eines würde ich wahnsinnig gerne wissen ... was machen die mit ihren Beinen? Können die nicht normal sitzen? Wussten Sie, dass männliche Geschlechtsorgane gerade in der heißen Jahreszeit ordentlich viel Raum brauchen? Unter der Beinbekleidung und der hoffentlich vorhandenen Unterwäsche scheint es besonders im Sitzen schnell unangenehm warm zu werden. Hilfreich ist dann das weite Spreizen der Beine, um den armen, arg eingeklemmten Organen wenigstens ein bisschen Frischluft zu gönnen. Besonders angenehm ist eine Sitzhaltung, bei der Mann mit dem Hintern auch noch etwas nach vorne rutscht und so statt einem gleich dreieinhalb Plätze in Bus und Bahn in Beschlag nimmt. Warum das so ist? Ich weiß es nicht.

Ich sitze bei 34 Grad in der S-Bahn und fahre nach Hause. Etwas genauer beschrieben, presse ich mich an das Fenster in einem S-Bahn-Abteil, um dem spitzen Ellbogen zu entgehen, der sich bereits mehrfach in meine Seite gedrückt hat. Das klappt ganz gut. Meine Taille ist in Ansätzen noch vorhanden, und wenn ich meinen Hintern nicht auf der

Sitzmitte platziere, sondern ganz nach rechts rücke, dann berührt mich der fremde Ellbogen nicht. Ich mag es aber nicht, ganz nach rechts zu rücken. Weder politisch noch in der S-Bahn. Ich weiß, dass ich mich gerade reinsteigere, und hole tief Luft. Es hilft nichts. Seit über drei Stationen schon ist es mir völlig egal, ob meine Gedanken unsachlich, emotional oder hysterisch sind. Der Idiot neben mir nervt mich. Und mit jeder Station werde ich wütender. Auch, weil er es nicht merkt. Wie tief muss ich noch Atem holen, dass er die angespannte Stimmung zwischen uns bemerkt? Es versteht sich von selbst, dass ich seinen Arm bereits zwei Mal zurückgeschubst habe. Als Dank sieht er mich an, als würde er überlegen, ob ich Körperkontakt suche. Steh auf, reg dich nicht auf, höre ich meine innere Stimme und frage sie, ob sie so dämlich ist, nicht zu merken, dass es hier ums Prinzip und nicht um Bequemlichkeit geht.

Wenn er Zeitung lesen würde, der Idiot neben mir ... dann würde ich es ja noch verstehen. Das ist in der Bahn nicht leicht – und bitte, meinetwegen, beim Umblättern braucht man halt Platz. Aber der, der sitzt nur. Sitzt da wie ein Pascha und spreizt alles, was er zu spreizen hat. Wenn es nur die Ellbogen wären, aber nein, auch die Beine. Die besonders. Und das ist noch rücksichtsloser. Ich möchte kein fremdes Knie an meinem Oberschenkel spüren. Seit vier Stationen tue ich das aber. Weil der, zu dem es gehört, seine Beine immer noch weiter spreizt, je weiter ich von ihm abrücke. Anatomische Gründe gibt es dafür nicht. Ich habe es schon zwischen Station eins und zwei gegoogelt. Von männlichem Balzverhalten, anerzogenem Imponiergehabe und einer durch die Evolution begründete Körperhaltung war dort zu lesen. Alles Ausreden. Seit der beinespreizende Idiot auf der Welt ist, gibt es Busse und U-Bahnen. Er hatte doch bitte Zeit genug, sich evolutionsmäßig anzupassen. So, jetzt reicht's! Jetzt fahr' ich mein Knie auch aus. Ich habe keinen Rock an, kann das also auch machen, ohne dass einer blöd schaut. Und zack, gegen das Männerknie links gedrückt. Jetzt sieht er mal, wie unangenehm das ist, wenn eine Frau ihr Knie gegen einen Männeroberschenkel drückt. Damit er es auch richtig spürt, räkele ich mich genüsslich ein wenig im Sitz, rutsche näher an ihn heran und drücke noch fester. Jetzt wird er es begriffen haben.

Oder auch nicht. Er lächelt. So wie manche Männer lächeln, wenn ihnen unerwartet etwas Schönes passiert. Ein bisschen dämlich, ein bisschen fragend, aber hoch erfreut. Station sechs, und meine Wut hat ihren Zenit überschritten. Ich bin wieder fähig, mich auch verbal zu artikulieren. Bei einem Exemplar wie diesem ist das wohl nötig. Meine Körpersprache zu deuten ist ihm eindeutig schwergefallen. Außerdem muss ich aussteigen. Ich quetsche mich also an ihm vorbei und beuge mich stehend ein Stück zu ihm herunter. »Damit Sie es wissen: Ich kann auch die Beine spreizen!« Mit diesen Worten steige ich aus.

Es dauerte etwa zehn Sekunden, bis mir klar wurde, dass meine Ansage, aus welcher der Idiot etwas lernen sollte, möglicherweise als etwas andere Aussage interpretiert werden konnte. Künftig fahre ich eine S-Bahn später, um ihm nicht mehr zu begegnen, und bleibe im Gang stehen. Vielleicht kaufe ich mir auch ein Auto.

WAHLFREIHEIT

Die Wahl am Sonntag wäre ihm herzlich egal, sagt er und beißt in seine dick mit Leberkäse belegte Semmel. Stolz ist er auf seine Aussage, sonst würde er den Blick nicht Beifall heischend durch das Abteil der U-Bahn schweifen lassen. Den dunkelhäutigen Mann, der ihm gegenübersitzt, lächelt er freundlich an. Wenn's ein Tourist ist, dann hat der ihn vielleicht – hoffentlich – gar nicht verstanden. Ist es ein Mensch, der sein Land aus welchen Gründen auch immer verlassen musste, dann ist das Lächeln des Essenden fehl am Platz. Denn dem, der ihm da gegenübersitzt, wird der Ausgang der Wahl wohl nicht herzlich egal sein. Für den ging und geht es um etwas.

Ihm gehe es gut, sagt er, und empfindet das als Grund genug, am Status quo nichts zu ändern. Nur, dass die Entscheidung, nicht zu wählen, nicht gleichbedeutend damit ist, dass sich nichts ändert, das ist ihm nicht klar. Man könnte ihm sagen, dass womöglich diejenigen sehr wohl zur Wahl gehen werden, die etwas ändern wollen, und dass denen, es könnte ja sein, sein persönliches Wohl so egal ist wie ihm das Kreuz am Sonntag.

»Mei, des liabe Schneckerl«, neckt er einen kleinen Jungen. Der kann noch nicht wählen. Für den wäre es aber gut, wenn es andere täten, damit er sich in fünfzehn bis zwanzig Jahren aussuchen kann, wen er liebt, und die gleichen Freiheiten hat wie wir heute. Man sollte dem so fröhlich grinsenden Deppen vielleicht auch mit auf den Weg geben, dass sein Leberkäse besser schmeckt, wenn er von Tieren stammt, die – von artgerecht reden wir gar nicht – annähernd gesund hochgezogen wurden. Er ist doch recht dick und sieht recht ungesund aus. Es wäre doch blöd für ihn, wenn das, was er frisst, mit Antibiotika vollgestopft ist, und er, weil es ihm ja herzlich egal ist, in zwanzig Jahren doch keine ausreichende Gesundheitsversorgung mehr hat, weil andere meinten, es gäbe Wichtigeres. Nur als Beispiel. Vielleicht ist ihm das ja wirklich so egal, wie er sagt, dann stört ihn vielleicht die mögliche künftige Besteuerung seines Vermögens. Oder die Hundesteuer steigt. Einen jeden trifft ja etwas anderes empfindlich.

Das Handy, auf dessen Display er mit fettigen Fingern tippt, ist neu. Das sagt er demjenigen neben sich. Die Wahl ist ihm egal. Hoffentlich auch, welche Daten da bald, irgendwann oder nie ausgelesen und ausgewertet werden. Am Hauptbahnhof kann er schon mal probeweise in die Kameras grinsen. Ob er die für gut hält, weil sie zur Sicherheit beitragen, oder für schlecht, weil sie der Anfang einer zunehmenden Überwachung sind, sollte ihm herzlich egal sein. Die Weichen, in welche Richtung das zukünftig geht, werden am Sonntag gestellt, und da hockt er bierselig und saudumm grinsend auf der Wiesn. Weil man ja keine dieser Parteien wählen könne. Wieder schaut er, ob ihm einer applaudiert. Zum Glück keiner, sonst hätte ich mein Frühstück erbrochen. Die Aussage mag der ein oder andere unterschreiben. Gleichzeitig wird es einem aber recht leicht gemacht, dann eben ein Kreuz bei dem zu machen, was man für das kleinste Übel hält, um das größte Übel wenigstens prozentual flach zu halten. Aber was interessiert ihn das. Was interessiert es ihn, dass ein kleiner, dicker Nordkoreaner und ein orangehäutiger Blondschopf testosterongeladen mit den Säbeln rasseln, solange es ihm weiter gutgeht.

Der dunkelhäutige Mann erwidert das anfängliche Lächeln freundlich. Der, dem alles herzlich egal ist, nickt ihm zu. Ob er auch auf das Oktoberfest gehen würde, am Sonntag, fragt er. Das Wetter soll ja so schön werden. Der andere nickt und antwortet im schönsten Münchnerisch, dass er das freilich tun werde. Direkt nach der Wahl.

ANSTICH

Dieses Jahr nicht. Nicht am ersten Tag. Es regnet. Es ist kalt. Und überhaupt muss ich nicht am ersten Tag um zwölf in einem Bierzelt stehen. Ich mag kein Bier und brauche mittags keinen Alkohol. Dieses Jahr nicht. Außerdem darf man keine Taschen mitnehmen. Heute darf man nicht, früher hat man es nicht gemacht, weil sie einen ja doch störten. Angeblich braucht man nichts außer Geld, Monatskarte und den Hausschlüssel. So ein Blödsinn. Ich brauche eine Tasche, in die Pflaster, Taschentücher, Haarspangen, Labello und flache Schuhe für den Heimweg passen. Außerdem einen Schirm, weil es regnet, und die Strickjacke meiner Großmutter, die perfekt zum Dirndl passt und die ich sicher nicht in den Dreck unter den Tischen legen werde. Keine Tasche ... ich bin raus.

Ob ich gehe, fragen meine Freunde, und reagieren nicht auf meine Antwort, dass ich heute nicht am ersten Tag dabei bin. Sie wissen, dass ich kurz darauf doch vor dem Schrank stehe und wenig später knöcheltief in einem bunten Haufen aus Kleidern und Schürzen. Ich will nicht, aber weil ich noch in keinem Jahr wollte und es doch immer einer der schönsten Tage im Jahr wurde, traue ich mich nicht, einmal wirklich nicht zu wollen. Saublöder

Gruppenzwang, schimpfe ich, als ich im Regen zur U-Bahn laufe und in meiner Tasche nur Geld, Busticket und den Schlüssel habe. Und die Erinnerung an unzählige Wiesntage. Die nehmen aber kaum Platz ein.

Schön ist es ja schon am ersten Tag. Der Moment, wenn man im Zelt steht. Nichts in den Händen hält, die Musik noch nicht spielt, man die Kapelle aber schon sieht, die Kellner und Kellnerinnen ungeduldig mit den Füßen wippen und alles noch nach frischem Holz und noch nicht nach Bier und Brezen riecht. Eine halbe Stunde stehe ich auch da und wippe von einem Fuß auf den anderen. Wir alle, die wir am ersten Tag eigentlich ja gar nicht wollten und jetzt doch in der Ochsenbraterei vor der Musik stehen. Dieses Jahr hier, weil einer einen kennt, der kellnert und der uns auch später im Gedränge nicht vertreibt und uns im Stehen eine Maß bringt. Oder zwei. Maßen, die die kleine Tasche schon mehr als einmal getauft haben. Es hat ihr nicht geschadet. Ich habe sie, seit ich achtzehn bin. Dann kommt sie, die Musik. Die Wirte wünschen eine schöne und friedliche Wiesn, und wie ein Wunder vergeht keine Viertelstunde, und das ganze Zelt hat etwas zu trinken. Der erste Schluck Bier schmeckt doch ganz gut. Ohne ist die Breze zu trocken und ohne kann ich den Wildfremden nicht zuprosten. Bei dem alten Mann, der so freundlich lacht, wäre das schade. Auch bei den Italienern, denen ich die Speisekarte übersetze und dann doch der Einfachheit halber gleich für sie bestelle, damit sie sich nicht am Ende noch versehentlich Gnocchi ordern, die aus Gründen der Völkerverständigung ihren Weg in das Zelt gefunden haben. Fehlende drei Euro fische ich aus meiner Tasche und spendiere sie den Touristen. Meine Tasche hatte ich auch dabei, als ich mit Anfang zwanzig gemeinsam mit dem Mutigsten meiner Freunde drei Italiener traf, die zu Freunden wurden und der Grund waren, dass wir kurze Zeit später für einige Jahre nach Italien auswanderten. Ich. Er ist ja geblieben.

Die Wiesn ist wie heimkommen. Ein Jahr war man weg, hat manche Menschen zwölf Monate nicht gesehen und steht dann am ersten Tag wieder zusammen und macht da weiter, wo man im Oktober des vergangenen Jahres aufgehört hat. Man weiß nicht, wie die Tage enden. In manchen Jahren, wenn das Wetter schön ist, gehe ich mit dem besten meiner Freunde schon früh aus dem Zelt. Dann sitzen wir auf den Stufen vor der Bavaria, schauen, ratschen und teilen uns gebrannte Mandeln. In anderen Jahren bleibt der harte Kern, bis das Zelt schließt, wandert dann zum Käfer und steht dort, bis die Füße abfallen und man wirklich jedem mindestens einmal in den Arm gefallen ist, um ihm zu sagen, wie schön es doch ist, endlich wieder hier zu sein.

Einer, der mich noch nicht zwanzig Jahre kennt, schrieb am ersten Abend, dass es ein Fehler war, dass ich den ersten Tag versäumt hätte. Er kommt nicht aus München und hat noch nicht begriffen, dass viele Münchner bis zum Anstich auf den Wahnsinn und Irrsinn schimpfen, um dann ganz selbstverständlich um fünf nach zwölf vor Ort zu sein. Er schickt mir ein Foto, und ich erkenne anhand der farbigen Bänder, in welchem Zelt er ist. Der Regen hat aufgehört, als ich über die Festwiese laufe, um ihm zu erklären, dass es in diesem Fall völlig egal ist, was ich behaupte, weil ich gar nicht anders kann, als draußen – draußen auf der Wiesn – zu sein. Während ich laufe, schlagen die Erinnerungen in meiner Tasche aneinander. Vor dem Hofbräuzelt kämpft sich eine unschöne nach oben. Da hat man mich aus dem Zelt geworfen. Mich, die halbe Portion, und nur weil der Depp mir einfach unter ... ach, egal, man hat dabei sein müssen, um die Unverschämtheit zu verstehen. Aber da hinten, da ist der Herzerlstand. Der schönste auf der ganzen Wiesn. Beim Heimgehen habe ich dort schon oft eines geschenkt bekommen. Und da hinten, da hat mir der klügste meiner Freunde das riesige Schaf geschossen. Und in der Geisterbahn ... gruselige Küsse sind etwas ganz besonderes. In meiner Tasche sind noch ein paar von ihnen aus dem Jahr der Jahrtausendwende.

Und dann steh' ich im Armbrustschützen auf einer Bank zwischen Menschen, die ich nicht kenne. Ich musste hoch, auf die Bank, um den Winkel des kleinen Fotos auf meinem Handy zu überprüfen.

86

Keine Chance, sagt eine Frau neben mir, und ich kann ihr wegen der lauten Musik nicht erklären, dass man sich auf der Wiesn immer findet. Schon damals, als es noch keine Handys gab. Ich versuche, es zu erklären, und spüre zwei Hände, die meine Taille packen. Zum Glück hatte ich keine Maß in der Hand, sonst hätte ich den, den ich suchte, vielleicht noch versehentlich niedergeschlagen.

Mit wie wenig ich auskomme, wundert er sich auf dem Heimweg, wo ich doch sonst meinen halben Hausstand mitschleppe. Ich erkläre ihm, dass man auf der Wiesn doch nichts braucht. Geld, Schlüssel und das Glück und die Freunde der vergangenen Jahre. Mehr nicht, behaupte ich, und er schüttelt sich vor Kälte, weil längst ich seine Jacke trage. Aus meiner Tasche fische ich den letzten Geldschein. Für die Geisterbahn.

Herr Krüger wohnt bei Hasso

Im Aufzug steht ein Schäferhund. Ganz allein steht er da, als ich im zweiten Stock zusteigen möchte. Er schaut, und weil er saublöd im Weg rumsteht, sage ich: »Steh um.« Das ist die bayerische, etwas ruppig Aufforderung, doch bitte zur Seite zu gehen. Sehr gängig ist sie nicht. Mein Vater zum Beispiel nutzt sie nur, wenn ihm einer, den er gut kennt und bei dem Höflichkeitsfloskeln nicht mehr nötig sind, im Weg herumsteht. Eigentlich sagt er es nur zu meiner Mutter und mir. Der Schäferhund scheint es trotzdem zu verstehen und geht einen Schritt rückwärts nach hinten. Weil es nicht weit genug ist und ich einen Korb Wäsche in den Armen halte, schubse ich ihn sanft mit dem Oberschenkel weiter in den Lift und steige ein. Beim Schließen der Türen fällt mir ein, dass ein deutscher Schäferhund auf der Liste als eine potentiell gefährliche Rasse geführt wird, und überlege, ob man dieses Exemplar womöglich aufgrund seiner Gefahr für die Hausgemeinschaft im Lift ausgesetzt hat. Da ich aber Aufzüge ebenfalls für potentiell gefährlich halte und die Türen bereits geschlossen sind, denke ich nicht weiter darüber nach. Trotzdem wünsche ich dem Hund ein schönes Wochenende, als ich im Keller aussteige.

Eine viertel Stunde später stehe ich wieder vor dem Lift, und der Hund noch immer in ihm. Diesmal macht er mir freiwillig Platz, und ich grüße ihn freundlich. Jetzt kennen wir uns ja schon. Wohin er gehört, sagt er mir nicht. Das macht aber nichts, weil der Aufzug im ersten Stock des Vordergebäudes anhält und mein Nachbar Herr Krüger beim Öffnen der Türen so tief und erleichtert nach Luft schnappt, dass ich glaube, eine gewisse Wiedersehensfreude zu erkennen. Ich sage bewusst, dass ich es nur glaube, weil Herr Krüger es mir seit meinem Einzug extrem schwer macht, zu erahnen, was er denkt, was er will und auch, was er sagt. Herr Krüger ist schüchtern. So schüchtern, dass ich den Gedanken, das Tier könnte zu ihm gehören, gleich wieder verwerfe. Ein Schäferhund passt nicht zu ihm. Auch keine Katze. Herr Krüger wäre vermutlich sogar mit einem Wellensittich überfordert. Mein Nachbar gehört zu jenen Menschen, die von einer solch großen Schüchternheit befallen sind, dass sie einem anderen nicht einmal in die Augen sehen können. Es wundert mich also nicht, dass Herr Krüger auf meine Füße starrt, während er den Hund leise, sehr leise bittet, auszusteigen. Dass der nicht reagiert, wundert mich nicht. Auch ich habe das leise Gemurmel meines Nachbarn kaum verstanden, und ich stehe noch näher an der Türe als Hasso. Das hatte ich nämlich verstanden – der Schäferhund ist mit dem an Originalität nicht zu überbietenden Namen Hasso gestraft. Weil Hasso sich nicht bewegt und Herr Krügers Gesichtsfarbe immer röter wird, trete ich einen Schritt zurück. Die Türe schließt und öffnet sich etwa drei Mal, während Herr Krüger Hasso sanft auffordert, doch auszusteigen und gleichzeitig versucht, die Lichtschranke zu blockieren, ohne mir zu nahe zu kommen. Verzweifelt zieht er sogar eine Tüte mit Leckerlis aus der Jackentasche. Hasso zuckt kurz mit dem rechten Ohr. Dann legt er sich auf den Boden des Aufzugs, und die Türen schließen sich endgültig.

Wir fahren in den zweiten Stock. Dort steige ich aus und schnalze mit der Zunge. Hasso steht auf und trottet hinter mir her. Er trinkt Wasser aus einer Gießkanne, und ich setze mich auf die Stufe vor meiner Wohnung. Wenig später liegt der Kopf des großen Hundes auf meinen Knien, und er leckt über meinen Arm, während ich ihm hinter dem Ohr kraule. Als ich Herrn Krüger mit weinerlicher Stimme im Treppenhaus rufen höre, stelle ich mir vor, was er machen würde, wenn ich aufstehen und runterrufen würde: »Der Hund gehört jetzt mir.« Gar nichts würde er machen. Er würde in seine Wohnung gehen und dort allein herumhocken, ohne auch nur den Versuch zu unternehmen, seinen Hund wiederzubekommen. Ich seufze, und bevor mir die Idee zu gut gefällt, stehe ich auf. »Komm«, sage ich, und Hasso springt auf. Wir fahren nach unten, weil Treppen für große Hunde nicht gut sein sollen. Herr Krüger steht noch immer vor dem Lift. »Ab jetzt«, sage ich, und Herr Krüger macht auf dem Absatz kehrt, obwohl ich natürlich den Hund meinte. Nach einem leichten Stups trottet auch Hasso davon.

Ich mache mir Sorgen. Nicht um Hasso, sondern um Herrn Krüger. Wikipedia sagt, dass ein Schäferhund zwar lernwillig, aber auch selbstbewusst ist und eine fortdauernde und konsequente Erziehung braucht. Neben der rein körperlichen Auslastung ist geistige Beschäftigung unabdingbar für diese Rasse. Das klingt nicht gut. Voller Sorge springe ich vom Wohnzimmertisch auf den Boden. Nach dem zweiten Mal wird unter mir gebellt. Hasso geht es also gut. Dann gehe ich auf den Balkon, beuge mich über die Brüstung und rufe Herrn Krüger. Weil der nicht reagiert, rufe ich Herrn Meier, der neben ihm wohnt. Nach dem dritten Mal brüllen erscheint Herr Meier und zeigt mir einen Vogel. Ich entschuldige mich und äußere meine Sorge, dass Herr Krüger womöglich von Hasso aufgefressen wurde. Herr Meier beugt sich ebenfalls über die Brüstung und schüttelt den Kopf. »Na, der sitzt doch da«, sagt er und deutet auf eine Ecke des Balkons, die ich nicht sehen kann.

Unser Haus hat jetzt einen Hund. Er heißt Hasso, Viech, Hutscherl und stolzes Kerlchen. Je nachdem, wer ihn gerade ruft oder wem er im Aufzug begegnet. Er hört auf jeden. Nur nicht auf Herrn Krüger. Manchmal führt er Herrn Krüger aus. Dann schreitet der Hund durch die Straßen und knurrt, wenn ihm der Mann an der Leine zu langsam geht.

EINE GIESINGER SCHANDE

Das Stehen fällt Herrn Mu schwer. Die Knie wollen seinen massigen Körper nicht mehr so recht tragen und schmerzen bei längerem Stehen. Trotzdem steht er jetzt an diesem Samstagnachmittag schon eine ganze Weile bewegungslos vor einem Zaun und schaut auf einen Haufen Schutt. Einen Tag zuvor stand an dieser Stelle noch ein denkmalgeschütztes Haus. Dass man es abgerissen hat, wusste ich dank meines Nachbarn, Herrn Meier, schon seit Freitagabend. Nur glauben konnte ich es nicht. Ein denkmalgeschütztes Haus kann man doch nicht so einfach abreißen. Noch dazu nicht ein solches, dessen Geschichte ein Teil unseres Viertels ist. War, korrigiert mich Herr Meier und zuckt mit den Schultern. Weg sei es, sagt er, und weiter, dass man so viel Dreistigkeit bewundern müsste, wenn es nicht gar so traurig wäre. Wie traurig es wirklich ist, wird mir erst bewusst, als ich am Samstagnachmittag neben Herrn Mu und einigen anderen Nachbarn vor dem Schutthaufen stehe. Es ist nur schwer zu begreifen, dass eines der denkmalgeschützten Handwerkerhäuschen aus dem 19. Jahrhundert abgerissen wurde. Dabei sollte es doch eigentlich nur saniert werden.

Frau Obst, die neben mir wohnt, ist an diesem Nachmittag außergewöhnlich still. Nachdenklich blickt sie auf die Trümmer und murmelt Unverständliches vor sich hin. Unverständlich ist die Dreistigkeit dieses Abrisses in der Tat. Schon am Donnerstagnachmittag rückten Arbeiter einer Baufirma mit einem Bagger an, rissen ein Loch in die Fassade und begannen, das Dach abzudecken. Nur weil sich Anwohner aus den benachbarten Häusern in den Weg stellten und einer die Polizei rief, konnte der Abriss gestoppt werden. Die Giesinger atmeten auf – liegt ihnen ihre Grasstraße, ein Teil der Feldmüllersiedlung, einer frühen Arbeitersiedlung für Tagelöhner und Handwerker, doch sehr am Herzen. Die kleinen Häuschen stehen dort dicht an dicht, und die Straßen mit ihrem Kopfsteinpflaster sind schmal. Biegt man hinter der Kirche ab, ist man in einem Teil von Giesing, der sich über all die Jahrzehnte den dörflichen Charakter bewahrt hat. Und jetzt ist eines der Häuser weg. Weil mich das Gemurmel der alten Obst nervt, bitte ich sie, doch etwas deutlicher zu sprechen. Ungewöhnlich zahm, tut sie das dann auch und berichtet, dass am Freitagnachmittag eine Handvoll Arbeiter zur Baustelle zurückkehrten und das kleine Haus mit dem Bagger in nur zwanzig Minuten völlig zerstörten. Andere Anwohner schalten sich ein. Ein Witz sei es gewesen – wenn's halt nicht so traurig wäre – als der Baggerführer nach getaner Arbeiter zu Fuß flüchtete und man zwei weitere Arbeiter an der Ecke »Schmiere« stehen sah. Ob es zu Ermittlungen kommt, weiß man nicht. Aber das

Häuschen in der Grasstraße 1 ist weg. Anstelle der eingereichten Anträge zur Sanierung des Gebäudes wurde es einfach abgerissen. Frei nach dem Motto: Es ist zwar verboten, aber weg ist weg. Dann zahlt man halt eine Strafe.

Aus dem Augenwinkel sehe ich, wie sich Herr Mu langsam durch die Menschen schiebt und wieder seiner Wege geht. Weil es einem immer aufs Gemüt drückt, wenn ein Stückchen schöner Vergangenheit stirbt, gehe ich Herrn Mu hinterher. Der ist gut darin, die Dinge wegzulachen, und findet an jedem scheußlichen Tag noch irgendetwas Schönes. Ich brauche eine Weile, bis ich ihn eingeholt habe. Gerade bückt er sich, um einen der neuerdings herumstehenden Blechaschenbecher hochzuheben und zum Mülleimer zu tragen. Ich komme ihm zuvor und möchte wissen, ob er die bunten angemalten Dosen im ganzen Viertel aufgestellt hat. Herr Mu schüttelt den Kopf. Natürlich nicht. Die sind ein rechter Schmarrn, aber wenn sie nun schon einmal dastehen, dann kann man sie ja auch ausleeren, wenn man sieht, dass sie voll sind. Gemeinsam leeren wir ein paar Zigarettenreste-Dosen und schlendern nach Hause. Das heißt, ich gehe nach Hause. Herr Mu genießt noch etwas die Sonne an der Bushaltestelle.

Kurz vor meinem Haus treffe ich auf Frau Obst. Sie zetert, und ihre Stimme überschlägt sich schimpfend. Nichts erinnert mehr an die ruhige Dame, die vor wenigen Minuten noch betroffen vor der Hausruine gestanden hat. Aber auch diesmal verstehe ich sie. Frau Obst schimpft nämlich über eine Schmiererei an der Hauswand, die gestern noch nicht dort war. Es sind dumme Kritzeleien, die die Wände unseres Viertels in den letzten Monaten verschandeln. Abfucken müsse man das Viertel, heißt es zum Beispiel, und man möchte dem Vorbeigehendem sagen, dass der Schmierfink gegen die Gentrifizierung etwas unternimmt, indem er Giesing unattraktiv erscheinen lassen möchte. Mieten runter, steht an einer anderen Hauswand. Man gibt dem Schreiber Recht, bedauert aber den Eigentümer des Hauses, der die Mieten womöglich gar nicht erhöht hat. Obwohl die saublöden Parolen teilweise Wahrheiten enthalten, tragen sie doch nur dazu bei, etwas an sich Schönes hässlich zu machen. Herr Meier kommt auch die Straße entlang und schüttelt den Kopf. Ob er ihn schüttelt, weil der Hals von Frau Obst vom vielen Zetern und Schimpfen schon ganz rot ist oder weil er die Schmiererei bedauert, weiß man nicht so genau. Herr Meier trägt auf seine Art zur Erhaltung des ursprünglichen Charmes des Viertels bei. Überwiegend, indem er den Umsatz in den alten Kneipen ankurbelt und aus Prinzip nur in kleinen Geschäften einkauft. Neuerdings aber auch, indem er, wie Herr Mu, die Zigarettendosen ausleert. Obwohl sie es abstreiten, bin ich überzeugt davon, dass die beiden sie aufgestellt haben, weil Schmierereien an den

Hauswänden in Verbindung mit Zigarettenkippen auf dem Boden sogar für Giesing zu viel sind.

Die Blechdosen sind ganz hübsch. Trotzdem ist Giesing jetzt um ein 170 Jahre altes kleines Häuschen ärmer. Es ist zum Heulen. Dass Herr Meier neben Frau Obst nun auch noch zu schimpfen anfängt, macht es nicht besser. Erst bekommt die Baufirma ihr Fett weg. Was für dreiste Subjekte das sind, schimpft er, und weil die dreisten Subjekte nicht greifbar sind, droht er ersatzweise Frau Obst mit seinem Stock. Er schimpft an diesem Vormittag noch lange. Erst vor dem Haus, dann auf der Bank vor der Kneipe. Deppen – man ist ja nur noch von Deppen umgeben, hört man ihn schimpfen. Erst kommen die Körndlfresser von der anderen Isarseite nur zum Kaffeetrinken, und ehe man sich versieht, ziehen sie ganz nach Giesing. Die Veganer, so behauptet er, seien es bestimmt auch, die die Bienenkästen direkt am Gehweg aufgestellt hätten. Er ist gut in Fahrt, der Meier. Später geht er auf die Mütter los, deren Kinderwägen teurer wären als ein Kleinwagen. Die hätten ihre Waschlappenmänner sicher genötigt, unten am Kolumbusplatz das Sofa aufzustellen, damit sie sitzend die Bauzäune mit ihren Wollfetzen verzieren könnten.

Ich glaube, solange Herr Meier schimpfend durch Giesing streift, wird das nichts mit der Gentrifizierung. Nur für das kleine Haus in der Grasstraße Nummer 1 ist es zu spät. Eine Schande!

97

ERSTE NACHT

Schon den ganzen Tag über wird in unserem Haus
gewütet. Türen knallen scheppernd ins Schloss, Mö-
bel werden knirschend über das Laminat geschoben
und Fenster nicht geschlossen, sondern mit solcher
Wucht zugeworfen, dass es ein Wunder ist, dass
die Scheiben noch nicht herausgeflogen sind. Ein
Wunder, das Frau Obst von unserem Laubengang
aus beobachtet. Jetzt werden die Balkonmöbel nach
innen getragen. Nein, sie werden geworfen. Gerade
fliegt ein Sonnenschirm durch die Türe in das Wohn-
zimmer. Mit vor der Brust verschränkten Armen
und aufeinandergepressten Lippen steht sie fröstelnd
im Freien und beobachtet das Treiben im Hinterhaus.
Es muss sie einiges an Selbstbeherrschung kosten,
nicht quer über den Hof zu brüllen, dass die Mittags-
ruhe längst begonnen hat und der Lärm auch sonst
jenseits des zu ertragenden Pegels ist. Fünf Minuten
hält sie es aus. Dann postiert sie sich vor dem Haus,
um wenigstens den Briefträger zurechtzuweisen, der
die Post seit einigen Wochen nicht ordentlich genug
in die Kästen stopft.

Am Nachmittag geht es im Keller weiter. Das Abteil direkt hinter der Türe wird ausgeräumt. Ebenso
laut und mit ebenso viel wütender Energie wie zuvor
die Wohnung auseinandergenommen wurde. Kisten

stapeln sich zwischen Kellertüre und Lift, und Möbelstücke blockieren den Weg. Ein jeder bahnt sich geduldig den Weg und wirft nur einen kurzen Blick auf die junge Frau, die knietief im Chaos ihres Kellerabteils steht und schnaubend vor Anstrengung Stück für Stück nach draußen in den Gang stellt. Keiner bietet ihr Hilfe an, als sie das meiste anschließend in den Müllraum schleppt und dort die Tonnen, die erst am Vortag geleert wurden, verstopft. Ich sehe sie auf dem Weg zum Waschkeller und spreche sie nicht an. Vorhin tat es einer meiner Nachbarn. Bot seine Hilfe bei einem schweren Regal an und erntete einen vernichtenden Blick. Deutlicher noch das gezischte »Ich brauche keine Hilfe«. Man darf sie nicht ansprechen. Nicht jetzt, wo sie so wütend ist. Lange wird sie es nicht bleiben. Vielleicht heute Abend schon sitzt sie zwischen den Kartons ihrer Wohnung und wünscht sich ihre anfängliche Wut zurück. Vielleicht begreift sie auch erst viel später, dass aus einem »Wir« ein »Ich« geworden ist und nicht nur Möbelstücke und Kartons aus ihrem Leben verschwunden sind. Er ging mit einer Reisetasche unter dem Arm und einer anderen Frau an der Hand in ein anderes »Wir«, als sie noch gar nicht wusste, dass das ihre bereits der Vergangenheit angehörte. Das halbe Haus hörte, als sie ihm auf der Straße fünf Worte hinterherrief.

»Das kannst du nicht machen« haben wir alle schon einmal geschrien, gedacht oder geflüstert.

Oder wir hörten es, als es uns nachgerufen, gesagt oder geschrieben wurde. Paul sagte es der wütenden Nachbarin, als sie am Abend noch immer im Keller wütete und verzweifelt versuchte, eine Matratze in die Mülltonne zu stopfen. Sie schrie ihn an, dass er sich um seinen eigenen Mist kümmern solle, und trug ihre unbändige Wut so offen und ungefiltert vor sich her, wie es Menschen nur dann tun, wenn der Boden unter ihren Füßen schwankt und sie sich mit letzter Kraft aufrecht halten. Während Paul ihr ruhig erklärte, dass neunzig Prozent von dem, was sie in die Tonnen stopfte, wieder raus musste, begann sie zu weinen. Wütende Tränen, die binnen Sekunden erst zu ratlosem Schniefen und dann zu einem hemmungslosen Schluchzen wurden. Während sie wie ein Vogel mit gebrochenen Flügeln weinend auf einem Karton saß, räumte Paul die Mülltonnen wieder aus. Stück für Stück schleppte er Regale, Kissen, Decken und Lampen wieder in das Treppenhaus und schichtete sie von dort wieder in das Kellerabteil. Irgendwann könne sie es zum Wertstoffhof bringen, erklärte er ihr. Als er die 1,60 Meter breite Matratze als Letztes zurückschieben wollte, schüttelte sie den Kopf.

Er muss die halbe Nacht damit verbracht haben, das sperrige Ding zu schlachten. Am nächsten Morgen sah man die Reste verteilt in den drei Mülltonnen liegen. Vor dem Kellerabteil der wütenden jungen Frau zwei Bierflaschen und Pizzakartons.

Paul war in dieser Nacht das, was das flügellahme Vögelchen gebraucht hat. Einer, der da ist und weitermacht. Egal womit. Mit dem Zerlegen einer Matratze, dem Besorgen von Essen oder dem Reichen von Taschentüchern. Vor Jahren hielt mich ein Freund davon ab, nach einer SMS unsere Hütte in den Bergen zu zerlegen. Das könne er nicht machen war das Letzte, was ich sagte, bevor ich zwei Stunden lang im Wald versuchte, einen abgestorbenen Baum zu Brennholz zu verarbeiten. Irgendwann nahm er mir die Säge aus der Hand und heizte den Grill mit Kohle an. Während ich stundenlang heulte, briet er das Fleisch. Während ich es mit meinen Tränen salzte, erzählte er kauend Banales von der Uni. Die ganze Nacht über blieb er wach. Ich heulte in das Kissen und er saß rauchend neben mir. Er war genauso hilflos wie Paul und tat trotzdem instinktiv das Richtige. Er machte da weiter, wo mir der Boden unter den Füßen wegbrach, und brachte mich durch die Nacht. Durch den Schmerz einer Trennung müssen wir allein, aber durch die erste Nacht, durch die kann uns einer helfen.

Eine Leiche im Hinterhaus

Mit unserem Haus ist es ein wenig so wie mit Nord-
und Süditalien. Oder, um die Himmelsrichtungen
korrekt wiederzugeben, unser Haus ist wie Deutschland kurz nach der Wende. Es gibt den Osten, das
Vorderhaus, und den Westen, das Hinterhaus. Man
kennt sich, man mag sich, aber für die Probleme des
anderen fühlt man sich nicht unbedingt zuständig.
So ignoriere ich seit Wochen die immer dringliche-
ren Hilferufe einer mir unbekannten Dame aus dem
Hinterhaus. Dank der vielen Zettel im Aufzug bin
ich bestens darüber informiert, dass einer aus dem
zweiten Stock in seinem Badezimmer Tauben füttert.
Aber ganz ehrlich ... es ist mir egal. Das spielt sich
im Hinterhaus ab, und ich wohne im Vorderhaus.
Den Westen unseres Hauses betrete ich nur, wenn
ich muss. Heute musste ich. In meinem Flur liegt
seit Tagen ein Paket für meinen Nachbarn Paul, und
ich ahne, dass sich der DHL-Bote die Benachrich-
tigungskarte wieder einmal gespart hat. Mit dem
Paket unter dem Arm betrete ich das Hinterhaus
und fühle mich darin bestätigt, dass der vordere
Teil doch viel schöner ist. Das sehen die meisten aus
dem Vorderhaus so, und deshalb wundert es mich,
direkt neben Pauls Wohnung eine buntgemischte An-
sammlung aus beiden Teilen des Hauses anzutreffen.

Herr Meier steht in der Mitte, und ich sehe meine direkte Nachbarin Judith fragend an. Die hätten eine Leiche, informiert sie mich. Ich verschiebe die Paketabgabe und bleibe neugierig stehen.

»Mei .... de werd hie sei«, sagt Herr Meier und bekräftigt seine Vermutung über den Tod der Hinterhausbewohnerin mit einem lauten Zungenschnalzen. »Immer trifft es die Falschen«, sinniert Frau Lukaseder und lächelt dabei boshaft in die Richtung von Frau Eder, die sich sofort erkundigt, was man denn damit andeuten wollen würde. An einem so friedlichen Sonntag, fügt sie angriffslustig hinzu. Die alten Schachteln mögen ihren Mund halten, fordert Herr Meier, er müsse sich konzentrieren. Worauf genau sich Herr Meier konzentriert, ist mir nicht ganz klar. Auf seinen Stock gestützt steht er vor der Hinterhauswohnungstüre und presst das Gesicht auf Höhe des Schlosses gegen das Holz. Was er denn mache, erkundigt sich Judith. Frau Lukaseder klärt sie auf. Seit nunmehr fast drei Tagen klingelt in der Wohnung ein Telefon. Minutenlang und immer wieder, ohne dass jemand den Anruf entgegennehmen würde. In den angrenzenden Wohnungen fühlte man sich belästigt und sie, Frau Lukaseder, hätte schon vorgestern versucht, sich zu beschweren. Auch geklopft hätte sie, als niemand die Türe öffnete. »Geklopft?« Paul, den ich bisher übersehen habe, schüttelt den Kopf. Wie eine Irre gehämmert hätte sie. »Jetzt seids hoid staad«, schimpft Herr Meier und presst sein Gesicht noch fester gegen den Türspalt, hinter dem man nun deutlich das Klingeln eines Telefons hört. »Nix«, sagt er nach einer Weile und richtet sich auf. Das Nichts wundert mich, da man sehr wohl etwas hört, aber er schüttelt auf meine Nachfrage ungeduldig den Kopf. Nicht das Klingeln meinte er, sondern den Gestank. Noch würde er keinen Verwesungsgeruch wahrnehmen, was aber nur eine Frage der Zeit sei. »De is hi …«, prophezeit er noch einmal und verlässt die Gruppe fröhlich pfeifend. Zu seiner Entschuldigung sei erwähnt, dass Frau Dahlke – die vermeintlich jetzt selige Frau Dahlke – neu in unserem Haus ist und er wohl noch keine Gelegenheit hatte, eine Beziehung zu der etwa vierzigjährigen Frau aufzubauen. Paul anscheinend auch nicht, denn auch er will die Gruppe verlassen. Judith stellt sich ihm in den Weg. So viel Kaltschnäuzigkeit stößt ihr bitter auf. Ob es ihm völlig egal sei, dass er gerade neben einer Leiche wohnt, will sie wissen. Und ob er nichts von ihr wüsste, schließlich gäbe es doch keine Frau diesseits der Wechseljahre im Haus, die er noch nicht angemacht hätte. Paul grinst. Die meisten Frauen würden sein Interesse wecken. Aber es gäbe Ausnahmen. Sie, Judith, hätte das sicher schon bemerkt. Bevor diese ihm verbal eine Ohrfeige erteilt, ergreift er die Flucht. Auch Judith und ich gehen. Die vermeintliche Leiche ist nicht unser Problem. Wir wohnen im Vorderhaus und überlassen das weitere Klopfen und die Überlegungen, ob man die Polizei oder gleich das Bestattungsinstitut rufen solle, den Hinterhäuslern.

Am Abend stehe ich mit Judith im Laubengang und beobachte das Treiben auf Pauls Balkon. Das halbe Hinterhaus hat sich darauf versammelt und versucht einen Blick in die Wohnung von Frau Dahlke zu werfen. Wir sind uns nicht ganz sicher, was Frau Lukaseder mit dem Schrubber in der Hand möchte, vermuten aber, dass sie gegen die Scheibe klopfen will. Ein uns unbekannter Nachbar versucht, sie davon abzuhalten, und aus der Ferne sieht es aus, als würden die beiden tanzen. Überhaupt ist das Chaos aus einiger Entfernung ganz hübsch anzusehen. Nach kurzer Zeit gesellt sich Frau Obst zu uns. Seit sie die Wohnung getauscht hat, ist sie nur noch selten im Laubengang. Heute aber stellt sie sich zu uns, lehnt sich an die Brüstung und blickt lächelnd in Richtung des Hinterhauses. Frau Obst lächelt nie. Dass sie es gerade beim Anblick von Frau Dahlkes Balkon tut, führt dazu, dass sich mir die Nackenhaare aufstellen. Auch Judith verzieht das Gesicht und rückt ein Stück von ihr ab.

Gerade als wir wieder in unsere Wohnungen gehen möchten, richtet sich Frau Obst auf. »De is ned hi«, sagt sie und lacht leise auf. »De is nach Garmisch in d' Berg g'fahrn, weil ihr Oida, da Ex, dauernd

106

oruaft, und sie mog eam nimmer.«[1] Judith stöhnt auf. Warum sie das den Leuten denn nicht sagen würde, fragt sie. Die hätten doch sicher schon die Polizei angerufen. Oder die Trauerhilfe Denk, werfe ich ein. Außerdem hinge Paul bereits gefährlich weit über der Brüstung seines Balkons. Frau Obst zuckt mit den Schultern. Was bitte, fragt sie, gingen sie die Probleme des Hinterhauses an? Zufrieden lächelnd geht sie. Judith und ich auch. Ausnahmsweise hat Frau Obst Recht.

---

[1]Die ist nicht tot. Die ist nach Garmisch in die Berge gefahren, weil ihr Mann, der Ex, andauernd anruft und sie genug von ihm hat.

Iljana, es brennt

»Iljana, komm raus«, fordert der alte Säufer mit rauer, noch nachtschwerer Stimme. Iljana, die mazedonische Aushilfe des vietnamesischen Schönheitssalons, schüttelt lächelnd den Kopf. Sie kennt den Alten seit bald einem Jahr und hat sich daran gewöhnt, dass er morgens vor dem Laden sitzt und nach ihr ruft. Er ist eine treue Seele. Und wie man die meisten treuen Seelen gernhat, so mag man auch ihn. Man hat sich an seine kratzige Stimme und seinen schwankenden Schritt gewöhnt. Nach den ersten Schlucken aus der kleinen Jägermeisterflasche geht er gerader, und man versteht ihn besser. Die meisten. Iljana nicht. Sie spricht noch immer kaum Deutsch, braucht es aber auch nicht.

Letztes Jahr stand Iljana an der Kasse des vietnamesischen Backshops. Seit er schließen musste, arbeitet sie im vietnamesischen Schönheitssalon. Iljana ist eine treue Seele. Ihr ist es egal, ob sie Semmeln abkassiert oder Geld für frisch manikürte Fingernägel in die Kasse wirft. Ihre Arbeitgeber versteht sie noch schlechter als den Säufer, weil der ihr wenigstens nur einzelne Worte um die Ohren haut. Der vietnamesische Singsang dagegen gleicht einem nicht zu verstehenden Gemurmel. Auch für mich.

»Iljana«, schreit der Alte, »es brennt!« Solange es draußen brennt, ist es nicht ihr Problem, sagt Iljana – glaube ich –, und füllt meinen Becher mit heißer Milch. Weil die Kaffeemaschine aus dem Backshop noch nicht abgebaut ist, gibt es im Schönheitssalon morgens warme Getränke zu erwerben. Warum auch nicht? Der Säufer hat sich selbst etwas mitgebracht und öffnet, im Türrahmen stehend, den zweiten Jägermeister. Ich stelle mich mit meinem Kaffee neben ihn und trinke draußen, weil es drinnen nicht mehr nach Gebäck, sondern nach Lacken riecht. Seine Fingernägel sind gepflegter als meine. Es wundert mich, dass jemand, der so riecht, so schöne, alte Finger hat.

»Schau, Iljana«, sagt er und meint mich. Ihm ist es egal,mit wem er spricht. So egal, wie ihm der Laden ist, vor dem er sitzt. »Schau, Iljana, es brennt. So schön brennt es.« Ich nicke und rufe nach Iljana. Auf der anderen Straßenseite steht eine Pappel. Ihre gelben Blätter brennen im Sonnenlicht des Herbstmorgens. Der Baum ist wunderschön. Zu schön, um ihn nicht anzusehen.

Konzert der anderen Art

Jeden Morgen bekommt man es. Ob man will oder nicht. Pünktlich zum Start in den Tag kommt man bei den Münchner Verkehrsbetrieben in den Genuss eines Konzertes der ganz besonderen Art. Je nach Uhrzeit und Strecke ist es ein anderes. Keinen Morgen klingt es gleich, variiert in den unterschiedlichen Verkehrsmitteln und passt sich kaum merklich den Jahreszeiten an. Besonders klar und vielfältig sind die Klänge in den S-Bahnen, was wohl daran liegt, dass die Musiker hier mehr Zeit verbringen und ihre Instrumente ordentlich stimmen und zum Einsatz bringen können. Das Ensemble der Münchener Verkehrsbetriebe besteht ausnahmslos aus den Fahrgästen. Diese sind Musiker und Zuhörer zugleich. Leider zeichnen sich nicht alle von ihnen durch ausgeprägte Musikalität aus. Das lässt sich schon allein daran erahnen, dass kaum ein Musiker auf den anderen achtet. Da ist zum Beispiel jene, die den Takt angibt. Eine wichtige Position. Schade nur, dass gerade sie sich durch ausgesprochene Taktlosigkeit auszeichnet und dabei doch nie ihren Einsatz verpasst. Jeden Morgen steigt sie an der Donnersberger Brücke ein und setzt sich an den meisten Tagen an den Fensterplatz, mir gegenüber. Ein unsichtbarer Platzanweiser scheint uns seit Jahren die Plätze zuzuordnen. Anders lässt sich nicht erklären, dass wir immer und immer wieder aufeinanderstoßen. Bisher hörte ich nur leise Klänge, aber dann kommt ihr Einsatz. Sie greift in die Handtasche, holt das Einmachglas heraus und eröffnet ihren Teil des Konzertes mit einem mäßig lauten Plopp. Sie, die Taktangebende, spricht, wie die meisten anderen, grundsätzlich auch die anderen Sinne ihrer Zuhörer an. Aus dem geöffneten Glas dringt ein überaus intensiver Honigduft. Ich atme ein und bin bereit für das erste Stück. Sie fährt mit dem Teelöffel tief in das Glas – ein schmatzendes Geräusch erklingt –, rührt um – leise matscht es –, schiebt sich dann den übervollen Löffel in den Mund und beginnt zu kauen. Ich sehe nicht hin, weil der Löffel so voll ist, dass sie die ersten Kieferbewegungen bei leicht geöffnetem Mund vollführen muss. Kann sie ihn nach ein paar Sekunden schließen, schwillt die Lautstärke an. Sie schmatzt den Jogurt in ihrem Mund und zermalmt die Nüsse und Mandeln mit den Backenzähnen. Langsam und genüsslich tut sie das, bis zum Höhepunkt ihrer Strophe. Diese endet mit einem Schlucken, das klingt, als hätte sie zuvor nicht gekaut, sondern würde den Inhalt des vollen Mundes in einem Rutsch herunterwürgen. Ein interessantes Geräusch.

Fast so interessant wie das Knirschen eines anderen Ensemblemitgliedes. Dieser Ton entsteht beim Abbeißen eines dick mit Käse belegten Brotes. Wie es zustande kommt, ist mir ein Rätsel. Der Käse riecht zwar überaus intensiv, bietet aber keinen Widerstand, der ein solches Geräusch hervorbringen könnte. Es müssen die Zähne sein, die hier als Instrument eingesetzt werden. Überhaupt ist der Ursprungsort der meisten Klänge im Mund zu suchen. Zähne, Zunge und Kiefer eignen sich hervorragend, um allerlei Töne hervorzubringen, und die vollbesetzte Bahn ist der beste Ort, um sie erklingen zu lassen. Zum einen können die Zuhörer hier nicht flüchten, zum anderen steht einem hier nicht die lästige gute Erziehung im Weg, die unter Freunden und Familie für einen geschlossenen Mund und ein leises Essen sorgt. Nein, hier kann man sich ganz ungezwungen geben. Man kaut, schmatzt und würgt – ganz wie es einem gefällt. Auffallend oft werden gerade geruchsintensive Speisen in öffentlichen Verkehrsmitteln verzehrt. Ein schöner Zug der Essenden. So stören sie weder ihre Kinder am heimischen Frühstückstisch noch ihren Ehemann mit Limburger Käse oder Heringssalat.

Fast schon zu leise sind die Papiertüten-Raschler. Zum Glück sind es so viele, dass man das Knistern, hervorgerufen durch Hände und Finger, die Stück für Stück eine Breze oder Semmel zerteilen, am Ende doch nicht überhören kann. Und selbst wenn: ihre Aufgabe ist es, einen Hauch der Musik auch nach dem Ende des Konzertes in Bus und Bahn zurückzulassen. In Form von Bröseln, die wegen ihrer

Unterschiedlichkeit am Nachmittag zum fröhlichen Rätselraten, was hier wohl gegessen wurde, verwendet werden können. Ehepartner und Arbeitskollegen können auch mitspielen – sie müssen dann raten, in welche Rückstände man sich mit dem dunklen Mantel am frühen Morgen wohl gesetzt hat.

Verstehen Sie mich bitte nicht falsch. Es liegt mir fern, mich über all das zu beschweren. Ganz im Gegenteil. Ich wundere mich, wenn es einer lautstark tut und um etwas mehr Rücksicht bittet. Wo bitte sonst kann man sich so herrlich danebenbenehmen wie in der Münchner S-Bahn? Wenn das mit der geforderten Rücksichtnahme so weitergeht, heißt es bald, man dürfe seinen klatschnassen Schirm nicht mehr auf den leeren Platz neben sich legen.

Am Wochenende gibt es nach Mitternacht übrigens ein weiteres Konzert. Dann mit Döner, Pizza und Currywurst. Für diese empfehlen sich Stehplätze. Sonst sind die Reinigungskosten für Mäntel und Jacken zu hoch.

Nachverhandelt

Da sind zwei, die schauen sich vorsichtig an, weil sie etwas hatten, was sie jetzt nicht mehr haben, und noch nicht so recht wissen, was es ist, was sie jetzt haben. Die Beziehung wollten sie beide nicht mehr, und doch ist da immer noch eine leichte Melancholie, wenn sie sich sehen. Es war ja schön, das, was sie hatten, nur eben schon so lange und so gewohnt, dass man sich nicht mehr sicher sein konnte, ob es sich nicht doch nur noch um eine gute Freundschaft handelte. Wohl nicht, denn jetzt sitzen sie sich gegenüber und verstehen nicht recht, warum es auf einmal so schwer geworden ist, ungezwungen miteinander zu sprechen. Begreifen nicht, warum sie die Worte des anderen auf die Goldwaage legen und etwas vermissen, was sie doch selbst ohne großen Schmerz aufgegeben haben. Freundschaft ist jetzt kein Zustand, sondern das ist das Ziel, und deswegen sitzen sie sich nun tapfer in der U-Bahn gegenüber und tun so, als wäre da nie etwas anderes als eben diese Freundschaft gewesen. Sie wollen so tun, und sie müssen es auch, denn neben ihm sitzt bereits die neue Freundin, die ihn fragend ansieht.

Da sind zwei, die schauen sich an, weil sie etwas noch nicht haben und sich nicht sicher sein können, dass es das werden wird, was sie sich erhoffen. Das ist normal, man weiß es am Anfang ja nie. Aber es fühlt sich seltsam an, wenn man zwischen zweien sitzt, von denen man weiß, dass sie einmal als Paar sehr glücklich waren. Da kann man sich leicht sagen, dass es wohl doch kein so großer Erfolg war, wenn es am Ende auseinanderging. So rational denkt das Herz nicht. Nicht das von der, die hier mit ihrem neuen Freund sitzt, und auch nicht die Herzen von denen, die sich vor kurzem getrennt haben. So ein Herz klammert sich meist viel länger an Erinnerungen, als es der Verstand tut, und ist ein Meister im Verklären der Dinge. Das weiß auch die, die unsicher auf ihre Vorgängerin blickt.

Da blickt eine auf das frische Glück und fragt sich, ob sie es auch wieder finden wird. Und einer mag ihren bedrückten Blick nicht sehen, weil er sie nie traurig sehen konnte und es auch jetzt nur schwer erträgt. Er erinnert sich, wie sehr ihn ihr Lachen verzaubert hat, und lächelt sie kurz an. Das half immer – und tut es noch. Das sieht auch die andere, die Neue. Misstrauisch hinterfragt sie jedes liebe Wort und jede freundliche Geste und wird der Zurückgebliebenen bald die Luft zum Atmen neiden, obwohl sie vier Stationen zuvor noch dachte, die alte Freundin hätte nichts mehr, während sie selbst, die Neue, jetzt alles hätte. Da sind drei, und ein jeder fühlt sich unwohler als der andere. Wir wissen, wie sie sich fühlen. Wir waren schon alles. Zurückgebliebene, Verlassende und Neue. Keine Rolle war schön, und ich höre dich leise sagen, dass du dir den Freundschaftsblödsinn nicht noch einmal antun würdest. Die erste Frau, die du geliebt hast, bestand darauf, und du – so sagtest du – warst jung und dumm genug, es zu versuchen. Würden wir uns trennen, wir würden uns nicht wiedersehen, sagst du und ich weiß, dass ich nichts dagegen tun könnte. Aber versuchen würde ich es, und weil du um meine Hartnäckigkeit weißt, schmunzelst du. Damals entschieden wir uns, einer Trennung einfach aus dem Weg zu gehen. Um uns ging es an diesem Tag aber nicht. Wir waren nur stille Beobachter einer Szene in einer kaum besetzten U-Bahn.

Ich sitze etwas näher als du an dem unfreiwilligen Dreieck und rücke ein Stück, als jene, die ich in Gedanken »die Neue« nenne, aufsteht. Sie will sich über die beste Verbindung von A nach B erkundigen und geht ein paar Meter, um einen Blick auf den Plan zu werfen. Obwohl sie, »die Vergangene«, es leise murmelt, höre ich es deutlich. Es war ein Fehler, sagt sie, kaum dass die andere weg ist, und springt auf. Im letzten Moment, bevor die Türen sich schließen, verlässt sie die U-Bahn, ohne sich noch einmal umzudrehen. Obwohl ihr Platz nun leer ist, hat sie viel zurückgelassen. Das spürt auch die, die sich nun wieder setzt und verwundert Fragen stellt. Nichts, bekommt sie zu hören. Nichts sei passiert, Lena spinne eben manchmal. Und, so denke ich, Lena wusste genau, dass ein winziger Satz reicht, um längst geklärt Geglaubtes auf den Tisch zu werfen und neu zu verhandeln.

Fast auf den Tag genau einen Monat später sehe ich zwei der drei wieder. Ihren Namen kenne ich nun, den seinen noch immer nicht. Sein Arm liegt auf ihren Schultern, und sie streiten sich im Scherz darüber, ob der Film vom Vortag nun gut oder schlecht gewesen ist. Sie sind wieder ein Paar, das sieht man. Ich frage mich, was aus der anderen, der Neuen, geworden ist, und empfinde Mitleid. Bei den Nachverhandlungen dieses wieder zueinandergefundenen Paares saß sie sicher nicht mit am Tisch.

EIN RÄTSEL

Sie käme gerade vom Kurs. Gewaltfreie Kommunikation. Sagt die, die mir beim Hinsetzen ihren Rucksack ins Gesicht rammt.

Da lerne man Rücksicht, berichtet sie in ihr Handy. Gegenüber anderen und gegen sich selbst. Vor allem Letzteres vermute ich, weil sie sich schräg auf den Sitz fallen lässt, ohne den schweren Rucksack abzunehmen. Zwei Drittel der Sitzbank nimmt sie ein und presst ihr knochiges Knie gegen meinen Oberschenkel.

Ich rutsche ein Stück, weil ich Berührungen von Fremden nicht mag, und überlasse ihr drei Viertel der Bank. Dankbar und ohne jede Rücksicht beansprucht sie den gewonnenen Platz und referiert telefonierend über die fehlende Rücksicht in Großstädten.

Und über Freundlichkeit. Dann könne sie doch sicher ein Stück rutschen, bitte ich sie, und werde von großstadtkalbgroßen Augen böse angefunkelt. Warte, raunt sie ihren unsichtbaren Telefonpartner an, und bittet mich, zu wiederholen. Nein, sie fordert mich angriffslustig funkelnd auf und fletscht dabei die Zähne, bis sie dem ausgehöhlten Kürbis der Nachbarskinder gleicht. Sie soll sich – bitte – nicht so breitmachen. Warum, fragt sie und verzieht das

119

Gesicht, als hätte ich sie aufgefordert, jetzt sofort vor der U-Bahntüre einen Tanz an der Haltestange hinzulegen.

Weil ich hier sitze, informiere ich sie leise, falls sie das nicht gesehen hätte. Der, der mich begleitet, erstickt an einem Kommentar und hält nur den Mund, weil nicht ihm, sondern mir der Platz streitig gemacht wird. Würde ich ihn jetzt ansehen, würde er etwas sagen. Ich tue es nicht. Lächerlich, den verbleibenden schmalen Streifen eines Sitzplatzes nicht selbst verteidigen zu können.

Morgen, da fände eine Thermomixpräsentation bei ihr zu Hause statt. Nein, die blöde Schnalle würde sie nicht einladen, es reicht, dass sie ihr ein Geschenk zum Geburtstag kaufen müsse. Ich denke mir, dass es sicher fein ist, ihre Bekannte zu sein und hinter dem Rücken als blöde Schnalle bezeichnet zu werden. Thermomix ist auch für mich nichts, denke ich und sage es nicht, weil ich ja eh nicht eingeladen bin. Thermo ist auch die Flasche, die sie jetzt umständlich aus dem Rucksack hervorkramt und ihr Knie dabei noch fester und penetranter gegen meinen Schenkel presst. Die blöde Schnalle heißt Ines, und man könne ihr grenzdebiles Grinsen nicht ertragen, höre ich, während neben dem Knie nun auch ein Ellbogen gegen mich drückt.

Heißer Tee tropft auf meine Hose, und ich rücke so weit ab, dass ich fast vom Sitz falle. Sie merkt es nicht einmal. Ob es noch ginge, sagt der, der mich begleitet, ruhig, aber ohne zu lächeln. Ein paar Knie werden eingezogen und ein schwerer Rucksack vom Rücken auf den Schoß gestellt. Gerade sitzend und mir genügend Platz lassend, telefoniert sie weiter, Schenkt dem, der sie zurechtgewiesen hat ein entschuldigendes Lächeln, und ich könnte kotzen.

Ob er sich manchmal fürchte, frage ich ihn später, und er schüttelt den Kopf. Er hat die Frage verstanden. Mich interessieren keine grundsätzlichen Lebensängste, ich erkundige mich nach Idioten in Bus und Bahn. Wovor, fragt er mich, und beantwortet die Frage selbst. Davor, als unfreundlich zu gelten? Davor, dass einer eine Fresse ziehen würde? Dass ihn einer blöd von der Seite anmachen würde? Er sei freundlich, sagt er. Sei es einmal, sei es zweimal. Beim dritten Mal wäre er es nicht mehr. Das käme aber selten vor. So einfach ist das.

So einfach ist das, denke ich mir und würde gerne noch einmal zurück in die U-Bahn springen. Ich denke es nur, aber er ahnt meine Gedanken und nickt. Ich solle das einmal machen, fordert er mich auf. Es sei schwer zu ertragen, zu sehen, wie klein wir Frauen uns machen würden. Er korrigiert sich. Nicht immer, aber eben in solch dummen Situationen. Abschließend merkt er an, dass es auch unsexy sei, wenn eine Frau sich bei banalem Mist immer nur ducken würde. Er lacht.

Um drei Uhr nachts lacht er nicht. Ich wecke ihn, als ich ihm mit Hilfe meiner Füße auf seine Seite des Bettes zu rollen versuche. Es ist anstrengend, und ich frage ihn, ob das nun sexy ist. Auf verstörende Weise ja, lacht er und wirft mir ein Kissen ins Gesicht. Ich werfe zurück, und wir balgen uns, bis ich keine Luft mehr bekomme. »Aua!«, rufe ich, und sofort hebt er die Hände und lässt mich los. Triumphierend zwinkere ich ihm zu und teile ihm mit, dass er bei einem Größen- und Gewichtsunterschied von jeweils dreißig Zentimetern und Kilos keinen fairen Kampf erwarten könne. Zu billig, entgegnet er.

Ich kenne die einzige Stelle, an der er kitzlig ist. Er lässt es gelten. Aber darum geht es nicht, das wissen wir beide. Bei ihm ducke ich mich nicht. Bei ihm ist es leicht, sich trotz dreißig Zentimeter Größenunterschied auf Augenhöhe zu begegnen. Warum es das bei rücksichtslosen Personen in der U-Bahn nicht ist, ist mir ein Rätsel.

Mustis Schatz

Mustafa, der Inhaber des kleinen Kiosks an der Kreuzung, grüßt mich heute Morgen mit einem »Guten Morgen«. Das ist ein Wort mehr als gewöhnlich, aber deutlich weniger Herzlichkeit, die sonst in seiner Begrüßung mitschwingt. Normalerweise werde ich mit einem »Schatzi« und drei Ausrufezeichen begrüßt. Bei Mustafa sind alle Frauen zwischen 15 und 75 Schatzi. Besucherinnen, die dieses Alter deutlich sichtbar überschritten haben, sind Omi. Die Kundenansprache in Form von Koseworten ist ein kluger Schachzug. Ich habe zwei Jahre gebraucht, bis ich begriffen habe, dass ich nicht das einzige Schatzi bin und Mustafa vermutlich einfach nicht wusste, wie ich wirklich hieß. Mir ist es egal. Wenn mich einer morgens so freundlich anstrahlt, dann darf er mich auch gerne Schatzi nennen. Dass ich es heute, nach zwei Jahren, das erste Mal nicht bin, fällt daher auf. Ich frage ihn, ob er schöne Weihnachten hatte, und ernte ein Stirnrunzeln. Nein, hatte er nicht. Wie mir sicher aufgefallen sei, ist er Türke, klärt er mich auf. Um seinen Hals baumele kein Kreuz, und ich könne daraus schließen, dass er Muslim ist und Weihnachten etwas sei, das ihn weder interessiere noch betreffe.

»Alles gut, Musti«, sage ich und verkneife mir den Hinweis, dass um meinen Hals auch kein Kreuz baumeln würde und er die letzten vier Wochen fast täglich betonte, dass er sich dieses Jahr ganz besonders auf Weihnachten freuen würde, weil er es das erste Mal in seinem Leben feiern würde. So richtig. In einer christlichen Familie. Als Muslim in Bayern könne man den Advent und Weihnachten eh feiern, verkündete er. Nicht unbedingt wegen Christi Geburt, eher wegen der schönen Lichterketten, dem Baum und der heimeligen Stimmung – ganz so wie auch 75 Prozent der getauften, aber längst gleichgültigen Katholiken. Er hatte sich darauf gefreut, das weiß ich. »Musti?« Ich schaue ihn lange an und gebe den Geldschein für meine Zeitung nicht aus der Hand, bis er sich auf den Tresen lehnt und mit der Sprache herausrückt.

Das dann aber mit Nachdruck. Erstens sei sein Name Mustafa und nicht Musti. Und zweitens würde er Weihnachten ab sofort aus seinem Wort- und Gedankenschatz verbannen. Die Feiertage hätten ihn um zehn Jahre altern lassen, und in dieses Minenfeld würde er sich nie wieder begeben. Die spinnen doch, die Christen. Er nimmt mir den Schein aus der Hand und streicht ihn glatt. Nicht alle Christen, korrigiert er sich, um mich nicht ungewollt zu beleidigen, aber die in der Familie seiner Freundin. Die würden wirklich spinnen. Weil Musti, den ich heute Mustafa nennen muss, so in Fahrt ist, nehme ich den

Pappbecher, den er mir reicht, ohne ihn darauf aufmerksam zu machen, dass ich weder den Filterkaffee noch den Müll in Form von Pappbechern sonderlich mag. Manchmal muss man den Mund halten. Dann, wenn einem einer, vordergründig wütend, etwas sehr Trauriges erzählt. Musti sagte, dass er sich auf alles eingelassen hatte. Sogar in die Christmette war er mitgegangen und hatte Gefallen daran gefunden, weil das, was Religionen verbindet, am Ende mehr zählt als das, was sie trennt. Und musste dann feststellen, dass Eltern und Großeltern seiner Freundin dort nur hingingen, damit die Nachbarn sich nicht das Maul zerrissen. Beim Essen nannte er die neunzigjährige Großmutter »Omi« und erntete entsetzte Blicke, die nur von denen übertroffen wurden, als er die Schwester der Freundin »Schatzi« nannte. Wer Musti kennt, weiß, dass er sich keine Namen merken kann, und wer sich ein bisschen Zeit nimmt, sieht an seinem warmen und herzlichen Lächeln, dass er alle seine Omis und Schatzis sehr wohl auseinanderhalten kann. Nur eben nicht namentlich. Besinnlich sei außer den Kerzen am Tisch nichts gewesen. Die Kinder wollten nur Geschenke und bekamen so viele, dass sie kaum Zeit hatten, sich darüber zu freuen. Gestritten hatten sich seine Gastgeber schon bei der Vorspeise, und noch vor dem Dessert musste er mit seiner Freundin die Wohnung der Eltern verlassen, weil die Generationen sich so in die Haare bekamen, dass eine Versöhnung an diesem Abend ausgeschlossen war.

Noch immer streicht er meinen Geldschein glatt. Als er ihn endlich in die Kasse schiebt, lacht er leise und schüttelt dann traurig den Kopf. All das gäbe es in seiner Familie auch. Man tappt in Fettnäpfchen, benimmt sich daneben, streitet und versöhnt sich oder versöhnt sich auch nicht. Die Familie macht es einem manchmal nicht leicht, aber von seiner Freundin, von der ist er sehr enttäuscht. Das von ihm überreichte Geschenk hat ihr nicht gefallen. Er sah es an ihrem Blick, als sie das Papier und die Schleifen löste, und bekam die Bestätigung, als sie ihn am nächsten Morgen um den Kassenzettel bat, um es umzutauschen. So ist das, sagt er und lächelt tapfer. Geschenke müssen ja gefallen, und es ist gut, dass sie so ehrlich war. Und jetzt raus mit mir, er müsse weiterarbeiten.

Draußen trinke ich den scheußlichen Kaffee. Nein, es ist nicht gut, dass sie ehrlich war. Ich und viele andere Schatzis haben in den letzten Wochen das zarte, filigrane Goldkettchen gesehen, dass er für sie schon im November gekauft hat und es aufgeregt wie ein kleines Kind den Stammkunden zeigte. Es ist wunderschön. Und selbst wenn man es nicht wunderschön findet, wenn Mustis Augen nur halb so sehr geleuchtet haben, wie an dem Tag, als er es mir zeigte, dann verstehe ich nicht, wie man sich darüber nicht gefreut haben kann. Es gibt Geschenke, die lieblos und herzlos ausgesucht werden. Ob man sie umtauschen darf, will ich gar nicht beurteilen. Etwas, was aber mit so viel Liebe ausgesucht wurde, das darf man nie, nie, nie einfach umtauschen. Selbst wenn man es scheußlich findet. Und nie, nie, nie darf man einem Schatz wie Musti so vor den Kopf stoßen.

.

UNVERSCHÄMTER FRÜHLING

Wenn mir noch einer mit dem ach so schönen Frühling ankommt, dann schlepp' ich ihn mit zu mir. Nicht für ein Schäferstündchen, sondern damit er den Wahnsinn, den diese Jahreszeit in meinem Haus anrichtet, am eigenen Leib erleben kann. Wenn er dann noch etwas von einem blauen Band und Neuanfang murmeln kann – Chapeau. In meiner Straße macht der Frühling gar nichts neu. Ganz im Gegenteil. Die blöde Jahreszeit weckt meine Nachbarn aus ihrem Winterschlaf und sorgt dafür, dass der Wahnsinn des alten Jahres mit neuem Elan beginnt und das Haus mit unveränderter Wucht umbrandet. Dabei war es im Winter so schön ruhig. Die Bierliebhaber verkrochen sich im warmen Bauch der Kneipe und kamen nur für eine kurze Zigarette nach draußen. Meine direkte Nachbarin, Frau Obst, war über Wochen mit einer hübschen Bronchitis beschäftigt und hatte keine Kraft, spionierend vor meinem Küchenfenster zu stehen, und aus dem Hinterhaus hörte man die wummernden Bässe der Studenten-WG nur gedämpft durch die geschlossenen Fenster. Es war so schön, als alle schliefen und jeder sich um seinen eigenen Schmarrn gekümmert hat. Jetzt ist es vorbei mit der Ruhe. Der Frühling ist da, und mein Haus erwacht. Im Waschkeller riecht es schon ganz ekelhaft nach Weichspüler mit Fliederaroma.

Den Frühling in München bemerkt man, schon lange bevor die ersten Krokusse blühen, an all den Münchnern, die sich trotz klirrender Kälte vor den Cafés sammeln und die Nasen in die noch blasse Sonne recken. In München beginnt der gastronomische Frühling Ende Januar. Der übrige Frühling der Stadt etwas später. Spätestens aber, wenn es zwei Tage hintereinander zweistellige Temperaturen hat. Dann rennt ganz München an die Isar, sammelt sich am Gärtnerplatz, blockiert die schmalen Straßen mit Kinderwägen oder stapft durch den Englischen Garten. Er ist schon schön, der Frühling in München. Nur bei mir zu Hause, da ist er eher anstrengend. Weil man da ja wohnt und ihm nicht entkommt. Da gibt es an den Wochenenden keine ruhige Minute. Das ganze Haus schleppt die Balkonmöbel vom Keller durch das Treppenhaus, blockiert den Lift und scheppert und klappert beim Aufbau. Frau Obst ist genesen. Sie steht wieder vor meinem Fenster und überwacht die Horden schleppender Hausbewohner, um sie bei Bedarf zurechtzuweisen. Die Kneipengäste sitzen wieder bis spätabends draußen auf den Bierbänken und erfreuen die Nachbarschaft mit mitternächtlichen Gesangseinlagen, die nur durch die Bässe der Studenten-WG unterbrochen werden, die man durch die offenen Fenster jetzt wieder deutlicher hört. Ab Mitte Mai hat man sich wieder daran gewöhnt, dass Haus, Innenhof und Straße brodeln. Nur im März, da ist man noch etwas müde, weil man ja gerade erst aufwacht.

Im Frühling erwacht auch der Fahrradkeller. Ein jeder will an sein Fahrrad, und ein jeder scheitert an Herrn Meier. Vor der Kneipe ist es ihm noch zu kalt, und so begrüßt er den Frühling, indem er sein Fahrrad seit einer Woche flickt und schrubbt. Mal repariert er sein Licht, mal die Bremsen, und an anderen Tagen poliert er die Speichen in aller Seelenruhe – alles direkt vor der Tür. Wer an sein eigenes Rad will, muss warten, bis er fertig ist. So auch Paul, der angelehnt im Türrahmen steht und unruhig von einem Fuß auf den anderen tritt, während Meier ihn ins Kreuzverhör nimmt. Ob er »grad a Madl« hätte, will Meier wissen, und ich sehe, wie Natascha aus dem ersten Stock die Augen verdreht. Natascha und ich hocken auf den Treppenstufen ums Eck und warten ebenfalls, bis Herr Meier die Türe wieder freigibt. Wir warten, weil es selten länger als eine halbe Stunde dauert und wir bei der Rückkehr in unsere Wohnungen Gefahr laufen, Frau Obst zu begegnen. Ob Paul nickt, sehen wir nicht, aber wir grinsen. Männer tratschen also doch. Auch die alten und grantigen, wie der Meier. Mit ruhiger Stimme – unterbrochen von leisen Flüchen, wenn der Rost am Rahmen des Rades zu hartnäckig ist – sinniert der alte Mann über die Frauen im Allgemeinen und die in unserem Haus im Besonderen. Berichtet, dass die jungen Dinger aus dem Hinterhaus schon wieder im leichten Hemdchen auf dem Balkon hocken und die Alten noch immer tief vermummt zum Einkaufen gehen. Er mag sie ja, sagt der Meier, die jungen Hüpfer. »Die san scho nett zum o'schaung«, gesteht er Paul, und ich höre diesen zum ersten Mal nicht hochdeutsch reden, als er Herrn Meier Recht gibt. Natascha lacht. Süß findet sie Pauls Dialekt. Ich finde den ihren noch viel süßer. Man hört, dass sie aus Polen kommt, und mir gefällt der Akzent. Ich will es ihr eben sagen, da hören wir, dass es mittlerweile um uns geht.

»Mitzi, hoast de?«

»Ja. A Abkürzung wahrscheinlich.«

»Wohnt de do immer no alloa?«

»Miassens d'Obst frong.«

»Na, de mog i ned. De oide Scherm.«

Man unterhält sich über unseren Familienstand, den Zustand unserer Fahrräder und den unseres Liebeslebens. Immer wieder sehen wir uns auf der Treppe hockend grinsend an und schütteln ungläubig den Kopf. Bis mich Herr Meier als »Madl« bezeichnet und Paul laut auflacht. Madl sei gut, ich sei doch locker über dreißig. Ich lache nicht. Obwohl ich locker über dreißig bin – sehr locker sogar –, bin ich sehr wohl noch a Madl, wenn ein Achtzigjähriger über mich spricht. Ich glaub', es hackt! Als ich aufspringen und Paul das sagen möchte, hält mich Natascha fest, und ich bemerke, dass Herr Meier das

Stockwerk verbal wechselt und jetzt wieder über sie spricht. Seine Stimme ist freundlich, als er über die beiden Lesben spricht, die neben ihm wohnen. Ungewöhnlich warmherzig berichtet Herr Meier von den beiden. Nett seien die und immer sehr hilfsbereit. Er würde nur nicht verstehen, warum sich ein Frauenzimmer wie ein Kerl anziehen müsse. In einem hübschen Kleid würde die Polin ... Den Rest kann er nicht mehr sagen, weil Natascha um die Ecke schießt und sich vor ihm aufbaut und mit ihrem hübschen Akzent losfaucht. Sie sei nicht maskulin. Kein bisschen. Und sie würde ihm, dem Meier, noch gerne mehr sagen, aber der Respekt vor dem Alter hindere sie. Nicht maskulin, faucht sie noch einmal und rennt dann die Treppen nach oben. Als Paul einen Schritt zurückgeht, um ihr hinterherzusehen, entdeckt er mich.

Er lächelt sein schönes Rhett-Butler-Lächeln, als er mich da auf den Stufen sitzen sieht, und erkundigt sich, ob ich auf ihn warten würde. Ich stehe auf. Auf der zweiten Stufe von unten stehend bin ich mit ihm auf Augenhöhe. »Locker über dreißig, ja?« Ich frage ihn das zwei Mal und teile ihm dann mit, dass ich vierzig bin. Ich bin sauer. Stinksauer. »Locker über dreißig?«, frage ich noch einmal und ärgere mich über Pauls verständnislosen Blick. Er fängt sich, lächelt und sagt, dass er mich jünger geschätzt hätte. »Ja, klar«, fauche ich wie kurz zuvor Natascha. Locker über dreißig, du Arsch. Das

Letzte, was ich von Paul höre, ist, dass er nicht versteht, was denn jetzt schon wieder los sei. Durch das Treppenhaus brülle ich, dass ich vierzig bin, dass das aber noch lange kein Grund ist, mich als locker über dreißig zu bezeichnen.

Sie merken's. Es ist Frühling, und mit ihm kommt auch die Liebe zurück in unser Haus. Mit allem, was dazugehört.

MÄRZPROBLEM

Jedes Jahr Anfang März kehrt die Sonne auf meinen Balkon zurück. Den ganzen Winter über lässt sie sich nur wenige Stunden lang blicken. Ab März aber ist sie in alter Pracht zurück. Von sieben Uhr in der Früh bis etwa drei Uhr am Nachmittag ist mein Balkon eine windgeschützte und zugleich sonnendurchflutete Oase, die ich sehr zu schätzen weiß. Und jedes Jahr Anfang März stöhne ich leise auf, wenn ich mit Buch, Kaffeetasse und dicken Kissen unter den Armen auf dieser Oase stehe und mich niederlassen möchte. Pünktlich zum ersten März fällt mir ein, dass ich meinen Christbaum ja noch nicht entsorgt habe und ein Drittel meiner Oase von einem 2,20 Meter großem Monstrum in Beschlag genommen wird. Ein bisschen stur quetsche ich mich dann neben das nadelnde Gerippe und rede mir ein, dass es so wenigstens angenehm frisch nach Wald riechen würde. Tut es aber nicht. Es riecht nach dem Holzschuppen unserer Hütte, und der ist immer etwas feucht und modrig. Das sind die Reste meines Christbaumes auch. Erst gestern hat es ihn wieder ein wenig angeregnet.

Während ich unschlüssig und vollbepackt mit Kissen und Kaffee auf dem Balkon stehe und mich einmal um die eigene Achse drehe, höre ich die

135

Balkontüre meiner Nachbarin Judith. Wenig später lugt sie über die Trennwand und räuspert sich. Milde lächelnd reicht sie mir einen Flyer von den Abfallwirschaftsbetrieben der Stadt München. Die waren im Advent in unseren Briefkästen, und da sie mich kennt und weiß, dass ich bei der Entsorgung meines Baumes immer etwas spät dran bin, hat sie mir einen aufgehoben. Die Gute! Ich nehme ihn und bedanke mich etwas verlegen. Die Nadeln meines Baumes werden unter der Trennwand seit Wochen auch auf ihren Balkon geblasen, und sobald das Thermometer über 12 Grad steigt, gehen sie ihr auf die Nerven. Die Geduldige. Ich verspreche, mich umgehend um den Problemfall zu kümmern, und sie nickt. Nicht ohne den Hinweis, dass die Biotonne im Keller keine Lösung ist und ihr die Beseitigung auf diesem Weg eindeutig zu lange dauert. Vor zwei Jahren habe ich über acht Wochen hinweg jede Woche ein paar Äste in die Tonne gestopft. Bis auf den Stamm hat es hervorragend funktioniert. Der steht allerdings immer noch in meinem Keller und wartet auf eine fachgerechte Entsorgung. Wenn ich mich richtig erinnere, stehen da mittlerweile fünf Stämme. Bei Gelegenheit muss ich meinen Vater fragen, ob man daraus nicht etwas Hübsches basteln kann.

Im Zerlegen der Bäume bin ich mittlerweile Expertin. Meine alte Wohnung war kleiner, und die Christbäume nicht ganz so massiv. Ich konnte sie mit kleinem Werkzeug für Laubsägearbeiten, einer

Geflügelschere und brachialer Gewalt zerstückeln. Einer meiner damaligen Nachbarn schenkte mir nach zwei Jahren meine erste richtige Säge. Seine Frau hatte ihn darum gebeten, weil sie das Drama auf meinem Balkon nicht länger mit ansehen konnte. Damit ging es schon besser. Mittlerweile besitze ich neben der Säge auch ein kleines Beil. Nicht vorstellen möchte ich mir aber, wie es auf die Nachbarn des Hauses gegenüber wirkt, wenn sie mich etwas, was auf dem Boden außerhalb ihres Sichtbereiches liegt, zerhacken sehen. Noch hat keiner die Polizei gerufen, aber ich möchte mich nicht darauf verlassen, dass es nicht irgendwann so weit ist. Ganz früher war es leicht. Ich wohnte in einer Siedlung, in der die Bäume neben den Mülltonnen abgelegt werden konnten. Das war fein. Gefährlich war es nur, sie vom Küchenfenster in den Hof zu werfen. Auf vorbeigehende Menschen haben mein damaliger Freund und ich geachtet, aber der Mops eines Nachbarn hätte fast daran glauben müssen. Hier kann ich das nicht machen. Unter mir ist die Kneipe, und der Wirt weigert sich, die Bierbänke und -tische zur Seite zu räumen. Und selbst dann gäbe es hier ja keine Sammelstelle der Hausverwaltung. Gut, dass Judith mir den Flyer der AWG aufgehoben hat.

Sehr gut. Mein Baum wird hier fachgerecht entsorgt und zu wertvoller Komposterde. Ich kann ihn einfach vor eine Schule werfen. Steht da. Sofern er vollständig abgeschmückt ist. Selbstverständlich ist er das. Was das Abschmücken angeht, bin ich immer schon sehr ordentlich gewesen. Allerdings werde ich wohl doch noch einmal mit dem Wirt sprechen müssen. Die nächste Grundschule, die eine solche Sammelstelle hat, ist gar nicht so weit weg. Der trockene Baum wiegt nicht mehr viel, und ich kann ihn sicher hinter mir herziehen. Nur runter muss er. Durch das Treppenhaus schleppe ich das Ding nicht. Frau Obst würde mir jede einzelne verlorene Nadel bis Ostern vorhalten. Frau Obst und der Wirt sind es dann auch, die mir mitteilen, dass die Schulen die Bäume nur bis zum 11. Januar annehmen – danach ist Schluss. Mist.

Jetzt, wo die Sonne so schön scheint, möchte ich meinen Balkon wieder zurückhaben. Trotzdem schrecke ich davor zurück, mit dem Zerkleinern zu beginnen. Das ist nur die halbe Lösung. Danach habe ich Müllsäcke voll Baumleiche auf dem Balkon stehen. In den Keller passen die beim besten Willen nicht mehr hinein. Ich warte erst einmal ab. So warm ist es heute eigentlich gar nicht. Im Süden ziehen erste Wolken auf, und morgen soll es noch mal richtig kalt und windig werden. Viel zu ungemütlich, um draußen zu sitzen. Das sage ich auch Judith, die sich leise stöhnend bereit erklärt, den kahlgeschlagenen Stamm auf unbestimmte Zeit in ihren Keller zu stellen, und der langsamen Entsorgung via Biomülltonne zustimmt. Die kommenden Wochen werde ich mich abends mit Ästen in den

Keller schleichen und hoffen, dass mich niemand sieht. Schlimm genug, dass Paul mich letztes Jahr erwischt hat und wochenlang ein dämliches »Ich weiß, was du getan hast«-Grinsen parat hielt.

ERBSENFRÜHLING

Es heißt, dass die Menschen in Vollmondnächten durchdrehen. Angeblich geschehen dann mehr Unfälle, Gewaltverbrechen werden häufiger verübt, und auch mehr Menschen werden ermordet. Von Tötungsdelikten in meiner Nachbarschaft ist mir nichts bekannt. Weder bei Vollmond noch sonst. Mit Gewaltverbrechen können wir aber dienen. Oder wie würden Sie es nennen, wenn Sie von einer alten Frau mit Tiefkühlerbsen fast erschlagen werden? Bei uns hat das allerdings wenig mit dem Vollmond zu tun. In meinem Viertel drehen die Bewohner überwiegend an Tagen mit besonders schönem und eigentlich friedlich stimmendem Wetter durch. An Tagen wie heute zum Beispiel.

Heute ist einer jener Frühlingstage, dessen Schönheit man sich unmöglich entziehen kann. Die Wiesen am Straßenrand sind heute besonders hübsch, weil sie noch niemand gemäht hat und sie vor lauter Löwenzahn und Gänseblümchen überquellen. Bienen summen, Vögel zwitschern, und aus den Innenhöfen ertönt fröhliches Kinderlachen. Der friedliche Eindruck täuscht. Unter der Oberfläche brodelt es. Zum Beispiel bei Herrn Mu. Der sitzt heute Nachmittag an der Bushaltestelle und wartet seit über zwei Stunden auf einen ganz bestimmten Bus der Linie 52. Er wartet darauf, dass noch einmal ein ganz bestimmter Fahrer vorbeikommt, damit er ihm sagen kann, dass er ein dämlicher Hornochse ist. Ein Hornochse deshalb, weil dieser, einige Stunden zuvor, direkt vor seiner Nase die Türen geschlossen hatte und ohne ihn abfuhr. An anderen Tagen hätte Herr Mu so etwas mit einem Schulterzucken ignoriert. Heute nicht. Heute muss er dem Fahrer, der sich sicher nicht mehr an ihn erinnert, noch einmal die Meinung sagen. Auch Herr Meier hat heute, an diesem herrlichen Frühlingstag, ausgesprochen schlechte Laune. Er sitzt vor der Kneipe, und sein Schimpfen dringt durch die offene Balkontür bis an meinen Schreibtisch. Er schimpft über schlecht eingeschenktes Bier, über die neuen Parkplätze vor dem Haus, über das Unvermögen von Frauen beim Einparken und über die depperten Kinder, deren Skateboards zu viel Radau machen würden. Letzterem kann ich widersprechen. Die Rollen der Skateboards höre ich nicht, wohl aber Herrn Meier. Herr Iwanow aus dem ersten Stock teilt meine Meinung, denn er betritt alle halbe Stunde den Balkon und schimpft rauchend über den schimpfenden Meier, der ihm den Feierabend verderben würde. Und Judith aus der Wohnung neben mir hält ihrer Tochter eine Standpauke. Ohne aufzustehen, weiß ich, dass Judith auf dem Balkon steht und ihre Tochter zwei Stockwerke weiter unten auf einem Skateboard über den Bürgersteig rollt. Ein typischer Frühlingsabend in München. Alle schimpfen.

Alle außer Frau Obst. Die erlitt an einem solchen perfekten Frühlingstag fast einmal einen Herzinfarkt und hält sich nun zurück.

Vor einigen Jahren, an einem ebenso schönen Tag, schimpfte auch ein jeder. Herr Meier in der Kneipe, Herr Mu an der Bushaltestelle und die anderen dort, wo ihnen gerade einfiel, dass man einem so schönen Tag nun wirklich etwas schlechte Laune entgegensetzen musste. Frau Obst schimpfte vor meinem Küchenfenster. Vor diesem stand mein vollbehangener Wäscheständer in der Sonne. Mein Freund, der damals noch nicht mein Freund war, und ich saßen auf der-Stufe daneben und drückten uns an die Hauswand, weil Frau Obst nicht nur schimpfte, sondern auch wild gestikulierte. Ein Unding sei es, die Wäsche im Laubengang zu trocknen, teilte sie uns mit und verwies auf die Hausordnung. Wäsche habe auf dem schattigen Balkon und nicht im sonnigen Laubengang zu trocknen. Es war ein Frühlingstag wie heute, und ich spürte das Brodeln. Jenes von Frau Obst, weil ihr Schimpfen die Scheiben zum Klirren brachte, und das meines zukünftigen Freundes, weil er ungewöhnlich ruhig war. Er hatte seit einer Stunde schlechte Laune, weil ich ihm den Biergartenbesuch versagte und darauf bestand, dass wir die Wäsche nur unter Aufsicht trocknen lassen durften, falls Frau Obst nach Hause käme. Die Sicherheit meiner Wäsche sei sonst nicht gewährleistet. Ich kann heute nicht mehr mit

Sicherheit sagen, wann die Situation völlig aus dem Ruder lief. Es begann mit einem breiten Grinsen des Mannes neben mir, steigerte sich, als er Frau Obst bat, ihn nicht anzuschreien, und eskalierte, als er es wagte, sie zu ignorieren, indem er die Augen schloss und sich an die Hauswand lehnte. Meine Nachbarin Frau Obst hat man nicht zu ignorieren. Wenn sie schimpft und zetert, dann hat man den Mund zu halten und macht ihr eine Freude, wenn man dabei den Kopf senkt. Mein Freund hätte sich vermutlich eher die Hand abgebissen, als das zu tun. Er legte den Kopf in den Nacken und grinste mit geschlossenen Augen. Das Nächste, an das ich mich erinnere, ist, dass Frau Obst sich bückte, etwas aus ihrer Einkaufstüte nahm und es mit einem lauten, erbosten »Sie!« in unsere Richtung schleuderte.

Es war eine Packung tiefgekühlter Erbsen, und dass sie mit nur einer Hand gefangen wurde, während die andere weiter ruhig auf meinem Oberschenkel lag, führte dazu, dass ich mich in diesen Mann verliebte. Auch weil er aufstand, als Frau Obst, über sich selbst erschrocken, mit Schnappatmung im Türrahmen lehnte, und ihr die Einkaufstaschen in die Wohnung trug. Und auch weil er den Wäscheständer einklappte und beschloss, dass er feuchte Wäsche weiteren Anschlägen vorziehen würde. Es gibt viele Gründe, aber wenn mich einer fragt, dann erzähle ich immer vom Fangen der Tiefkühlerbsen.

Frau Obst hat in all den Jahren noch oft mit mir geschimpft. Nie mehr aber mit meinem Freund.

Damit Sie keinen falschen Eindruck von Frau Obst bekommen: Unter normalen Umständen schleudert sie kein Gemüse auf sich sonnende Nachbarn. Es lag am milden Frühlingstag. In München, Giesing, ist ein solcher Tag gefährlicher als Vollmond und Föhn zusammen.

Im Bmpf verschwinden Dinge. Die Dinge werden entweder versehentlich geklaut – oder jemand, dem sie nicht gehören, hat sie mitgenommen. Ich vermute, dass Dinge die mitgenommen werden und die einem nicht gehören, ebenfalls geklaut werden. Wie man etwas versehentlich klaut, weiß ich leider nicht. Ich würde den, der gerade vom versehentlichen Klauen berichtet, gerne danach fragen, wie so etwas funktioniert, aber ich möchte sein Telefonat nicht unterbrechen. Er redet mit so lauter und klarer Stimme, dass man ihn unmöglich stören darf. Wer mit einer solchen Stimme ganze acht Reihen in einem Bus unterhält, berichtet ganz offensichtlich etwas von großer Wichtigkeit. Unwichtig ist dagegen, dass die Dinge abhandengekommen sind. Fragen Sie mich bitte nicht, um welche Dinge es sich handelt – das habe ich noch nicht ganz verstanden. Geheimnisvoll werden sie nur als »Zeug«, als »du weißt schon« oder »die Dinge« bezeichnet. Jetzt sind sie wohl weg, was aber auch egal ist, denn das muss nun eben der Anwalt regeln. Für den, dessen Dinge verschwunden sind, ist das in Ordnung. Seine Mutter sei genauso geldig wie seine. Also die von dem, der mit klarer Stimme telefoniert. Wenn Sie nicht ganz mitbekommen, worum es eigentlich geht, dann sind sie nicht allein. Mir geht es genauso. Ich sitze im Bus einige Reihen hinter dem Telefonierenden und lausche gebannt, weil mir die Stimme so gut gefällt. Und weil ich es faszinierend finde, dass der Sprechende reden und gleichzeitig trinken kann. In einer Zeitspanne von nur fünf Haltestellen hat er eine ganze Flasche Augustiner Helles geleert. Und nicht einmal aufgestoßen oder Schluckauf bekommen. Bier trinken, zugleich mit lauter Stimme sprechen, eine Mütze immer wieder aus der Stirn schieben und mit beiden Händen gestikulieren ... das ist männliches Multitasking.

Das Bmpf kenne ich übrigens nicht. Ich glaube, es handelt sich um einen Club oder eine Bar. Es ist nicht wichtig. Auch nicht, dass dort geklaut wird, denn das Bmpf schließt heute Abend. Nächste Woche wird es abgerissen, erfahre ich. Mit ihm verschwindet für mich wahrscheinlich auch der Unterschied zwischen versehentlich geklauten Dingen und Dingen, die von jemanden mitgenommen werden, dem sie nicht gehören. Ich akzeptiere das einfach mal. Wobei, ganz einfach ist es nicht. Es ist Samstag, und wer kann schon mit Sicherheit sagen, dass es mich heute, am letzten Abend des Bmpf, nicht ganz zufällig doch dorthin verschlägt. Ich kenne es zwar nicht, aber heute ist Samstag, und an einem Samstagabend kann viel passieren. Und dann würde ich schon gerne wissen, ob ich dort Gefahr laufe, versehentlich etwas geklaut zu bekommen. Ich

148

nehme meine Tasche, setze mich direkt dem Telefonierenden gegenüber und sehe ihn aufmunternd an. Ein aufmunterndes Lächeln, das bedeutet, er möge doch sein Telefonat beenden und mir meine Fragen beantworten. Er missdeutet es, prostet mir mit seiner Bierflasche zu, grinst und wechselt das Thema. Bevor es am Abend in besagtes Bmpf geht, wird gegrillt. Die Planung dieses Vorspiels ist nun Inhalt des Telefonates. Als interessierter Zuhörer nenne ich den Telefonierenden ab jetzt Gustl. Sie wissen schon ... wegen des Augustiner Biers in seiner Hand, und weil er irgendwie nach einem Gustl aussieht.

Gustl ist mit seinen Mitte zwanzig eigentlich zu jung für diesen Namen, aber ich unterstelle, dass er ihn sicher von seinem Großvater geerbt hat. Solche Traditionen mag ich, und Gustl wird mir sympathisch. So sympathisch, dass ich ihn mit einer ausladenden Geste auf den Dauerregen vor dem Busfenster aufmerksam mache. Kann ja sein, dass er das bei der Planung des Grillabends übersehen hat. Er nickt und teilt seinem Gesprächspartner mit, dass es regnet. Zwei Stationen lang wird über die mögliche wasserabweisende Schicht von Sonnenschirmen diskutiert und diese kurz hinter dem Ostbahnhof als ausreichend befunden. Ich zucke mit den Schultern und bezweifele das nonverbal durch ein Stirnrunzeln. Gustl meint jetzt auch, dass es wohl nicht klappt. Sie besprechen ihren Treffpunkt, und ich muss erneut eingreifen, denn Gustl behauptet, dass er in einer halben Stunde in Obermenzing sein könne. Ich tippe auf seinen Oberschenkel und schüttle den Kopf. Geduldig warte ich, bis er das Telefon vom Ohr nimmt, und erkläre ihm dann, dass das nicht zu schaffen ist. Mit der S-Bahn nach Moosach ginge ja noch, aber der Bus danach zuckelt doch so, und wenn ich die Adresse richtig verstanden habe, dann ist der anschließende Fußweg kaum unter einer Viertelstunde zu bewältigen. Gustl verzieht das Gesicht und sieht mich an. Er sieht mich so lange an, bis ich mich sehr langsam wieder zurücklehne und nicht mehr ihn ansehe, sondern konzentriert in den Regen starre.

Für einen kurzen Moment habe ich vergessen, dass ich ja gar nicht eingeladen bin. Sollte es mich heute Abend in das Bmpf verschlagen und mir dort versehentlich etwas geklaut werden, dann halte ich trotzdem nach ihm Ausschau. Er kennt dort nämlich alle und könne solche Dinge klären. Hat er im Bus erzählt.

Parken unter Beobachtung

Ich bin eine gute Autofahrerin. Da können Sie jeden fragen. Wer bei mir auf dem Beifahrersitz Platz nimmt, wird sicher von A nach B kutschiert. Als Münchnerin mit Verwandtschaft auf dem Land fühle ich mich sowohl im Feierabendverkehr als auch auf der Landstraße heimisch und bezeichne mich selbst als versierte und flotte Fahrerin. Flott, ja, da stimmt mir mein Nachbar Paul zu. Versiert allerdings würde er angesichts des eben beobachteten Einparkversuches jedoch bezweifeln. Mit einem überheblichen Grinsen wischt er sich die Finger an der Hose ab und legt seine halb gegessene Leberkäsesemmel zur Seite, bevor er an die Scheibe der Beifahrerseite klopft.

Von wem ich, die versierte Autofahrerin, das Auto geklaut hätte, das ich eben einzuparken versuche, erkundigt er sich. Ich kläre ihn darüber auf, dass ich das Auto weder geklaut habe noch dass es sich um einen Parkversuch, sondern um einen vollständig abgeschlossenen Parkvorgang handelt. Paul, der mittlerweile halb im Fenster an der Beifahrerseite hängt, wirft einen prüfenden Blick über seine Schulter und merkt an, dass man den Besitzer des Autos besser kein Foto des abgeschlossenen Parkvorgangs schicken sollte. Das Heck rage gefährlich weit

151

in die Straße hinein, und der Besitzer des vor mir parkenden Sprinters hätte beim Versuch, auszuparken, sicherlich großes Vergnügen. Ein Blick in den Rückspiegel lässt mich erahnen, dass ich womöglich tatsächlich noch nicht die endgültige Parkposition erreicht habe. Ich lasse den Motor an und starte einen zweiten Versuch, während Paul sich zurück auf die Terrasse der Kneipe setzt und weiter seine Semmel verspeist. Nach mehrmaligem Rangieren, dem Schließen des Fensters, um meine Flüche zu verbergen, und dem aggressiven Hupen mehrerer vorbeifahrender Autos stelle ich den Motor ab.

Wieder steht Paul auf, und wieder klopft er an das Fenster der Beifahrerseite. Süffisant grinsend bietet er mir an, den Wagen für mich einzuparken. Ich sage ihm, dass ich keine Hilfe benötige, und er erwidert lächelnd, dass er das nicht als Hilfe sehe. Er betrachte es vielmehr als persönliche Herausforderung, da er selten ein so verkeilt stehendes Auto in einer Parklücke gesehen habe. Herausforderungen mag auch ich, und ich lasse den Motor erneut an. Obwohl ich mich langsam daran gewöhne, meinen Nachbarn im Fenster der Beifahrerseite zu sehen, irritiert mich der Ausdruck in Pauls Gesicht. Ohne das dämliche Grinsen fehlt ihm etwas. Als höflicher Mensch erkundige ich mich, und wieder beugt er sich in den Wagen. Ob ich ihn verarschen würde, fragt er und wartet die Antwort nicht ab. Der Sprinter vor mir besitze, wie die meisten Modelle seiner Bauart, eine Anhängerkupplung. An dieser sei ich nun dreimal hängen geblieben. Eine Tatsache, die mir sicher nicht entgangen wäre, wenn ich beim Vorwärtsfahren geradeaus und nicht über meine Schulter geblickt hätte. Dann hätte ich vermutlich überdeutlich gesehen, dass der Sprinter beim Touchieren gewackelt hätte. So viele Worte, und kein einziges arrogantes Grinsen. So kenne ich meinen Nachbarn nicht. Ich bin überrascht und teile es Paul mit. Er auch, allerdings nicht positiv.

Wenige Augenblicke später sitzt Paul neben mir, und es riecht neben dem vorhin geernteten Bärlauch nach Leberkäse und Verzweiflung. Den Geruch des Leberkäses hat Paul angeschleppt. Die Verzweiflung verströme ich. Da verzweifelte Frauen kein schöner Anblick sind, streife ich die sicher ungewöhnlich große Anhängerkupplung ein viertes Mal und bugsiere das Auto meines Vaters knapp – sehr knapp – aus der unsäglichen Parklücke. Das Navi teilt mir mit, dass die Route neu berechnet wird, und ich fahre meine Straße entlang. Einfach geradeaus, um die Nerven zu beruhigen. Paul sagt nichts. Auch nicht, als das Navi uns beim Abbiegen geduldig informiert, die Route abermals neu zu berechnen. Erst beim dritten Mal höre ich ihn fragen, wohin uns besagte Route eigentlich führen wird. Ich verschweige ihm, dass ich für die kurze Strecke vom besten meiner Freunde bis zu mir das Navigationssystem bemüht habe. Ich kenne den Weg, weiß aber nicht, wie man das blöde Ding ausschaltet. Vor dem Italiener am Eck parke ich und stelle den Motor mit einem erleichterten Seufzen ab. Paul seufzt auch, lächelt gequält und deutet auf das Feuerwehrzufahrts-Schild. Ohne ein weiteres Wort steige ich aus. Soll diese verdammte Karre ein anderer parken. Mir reicht es.

Paul hat schöne Hände. Das ist mir bisher nicht aufgefallen. Ich beobachte sie, während er das Navi ausschaltet, einmal um den Block fährt und dann hinter dem Sprinter einparkt. Ich sehe sie mir noch einmal an, als er die Stoßstange am Auto meines Vaters begutachtet und endlich doch das für ihn typische Rhett-Butler-Lächeln lächelt. Es sei ihm ein Vergnügen gewesen, sagt er und verschwindet. Idiot, rufe ich ihm hinterher und bekomme als Dank eine angedeutete Verbeugung.

Mit dem Zipfel meiner Jacke wische ich verräterische Spuren von der Stoßstange und der Anhängerkupplung. Herr Meier steht vor der Kneipe und beobachtet mich. So breit grinst der sonst nie. Fast so breit wie Paul, der rauchend auf seinem Balkon steht, als ich meine Wohnungstüre aufsperre. Ich vermute, dass die Flasche Wein vor meiner Tür und die daraufgekritzelte Telefonnummer von ihm sind. Also bitte … Rotwein und eine Telefonnummer. Das ist ein ebenso ausgelutschtes Klischee wie jenes, dass Frauen nicht einparken können.

PAUL UND ICH WÄREN FAST IM LIFT GESTORBEN

Paul und ich stehen im Lift. Die Weiterfahrt verzögert sich, weil Paul die Tür blockiert, um auf seine neue Freundin zu warten. Da sie vorhin eine vollgestopfte IKEA-Tüte hinter sich hergezogen hat, vermute ich, dass es etwas Zeit in Anspruch nehmen wird, bis sie die Flaschen, das Plastik, den Papier-, den Bio- und den Restmüll aussortiert und in die entsprechenden Tonnen geworfen hat. »Du merkst selbst, wie unangebracht das ist, oder?«, frage ich Paul und lehne mich an die Wand des Aufzugs. Als das Licht im Treppenhaus ausgeht und zugleich weiter oben jemand zu schimpfen beginnt, tritt Paul aus der Tür, und wir fahren eineinhalb Stockwerke nach oben. Dann bleibt der Lift stecken, und ich beginne, komische Geräusche zu machen, weil ich immer, wenn ein Aufzug stecken bleibt, für einen kurzen Moment davon überzeugt bin, in diesem kleinen Raum zu sterben. Ersticken, verhungern oder abstürzen. Ich quietsche, und Paul lehnt sich an die Wand mir gegenüber. »So schlimm?«, fragt er, und ich nicke. Beides. Paul vorhin – und der Lift, der sich jetzt nicht mehr bewegt. Während ich überlege, wie lange wir ohne zu trinken überleben werden, beginnt Paul zu reden. Vermutlich, um mich zu beruhigen. So jung ist sie nicht, sagt er und fährt sich verlegen durch die Haare. Anfang zwanzig. Er weiß, dass sie jünger aussieht, sie ist es aber nicht. Es dauert einen Moment, bevor ich begreife, dass Paul meine Äußerung des unangebrachten Verhaltens auf das Alter seiner Freundin und nicht auf das Blockieren des Aufzugs bezogen hat. Sie ist einundzwanzig, fährt er fort, und als er sie kennen lernte, sah sie sogar älter aus. Auf Ende zwanzig, wenn nicht sogar Anfang dreißig hätte er sie geschätzt, und das sei ein ganz normales Alter für eine Frau. »Ach«, erkundige ich mich und überlege, was denn ein unnormales Alter für eine Frau sein könnte. »Nix ach«, sagt er und erklärt, dass er sie an diesem Abend ganz sicher für eine Frau gehalten hat. Eine Frau, die man großzügig gerechnet als Teil seiner Generation bezeichnen könnte. Weil ich ihn nicht ganz verstehe, schaue ich ihn nur an und überlege, was an ihm anders ist. Mehr Bart vielleicht, den lassen sich zurzeit ja alle Männer wachsen. »Schau nicht so«, murmelt er und erklärt, dass sie wirklich älter ausgesehen hat. Fraulich. Also ... wie eine Frau und nicht wie ein Mädchen. Obwohl man mit einundzwanzig natürlich eh kein Mädchen mehr ist, sondern durchaus erwachsen. Heute sowieso und sogar schon in den fünfziger Jahren. Einundzwanzig, das ist eine Frau. Ich zucke mit den Schultern, weil ich nicht einundzwanzig bin und mir die Frage nach meinem Geschlecht nicht stelle. Mich interessiert mehr, ob wir im Lift ersticken werden und ob Pauls Schläfen tatsächlich schon grau werden. Im Aufzuglicht erkennt man es schlecht. »Was ...?«, fragt er und wehrt sich, als ich ihn unter den Lichtspot bei der Tür schiebe. Grau. Tatsächlich. Ich sage es ihm, weil er es selbst vielleicht noch gar nicht gemerkt hat. Er drängt mich zur Seite und blafft mich an, ob das irgendetwas zu sagen hätte. Sein Großvater hätte bereits mit Anfang dreißig graue Haare gehabt, und für Anfang dreißig hätte er sie – vermutlich meint er die, die gerade seinen Müll sortiert – auch gehalten. Er hätte es satt, dass er sich ständig rechtfertigen müsse, denn selbst wenn sie nicht Anfang dreißig, sondern eben erst Anfang zwanzig ist, heißt das noch lange nicht, dass ... Zum Glück sagt er nichts von einer alten Seele. Paul erklärt mir, dass sie gleiche Interessen hätten, gemeinsam lachen könnten und eben insgesamt wirklich gut zusammenpassen würden.

Ob er betrunken sei, erkundige ich mich und weiter, und warum er mir den ganzen Mist eigentlich erzählen würde. Jetzt, wo wir in diesem Scheißding sterben würden, und überhaupt. Sterben? Nun sieht er mich an, als wäre ich es, die wirres Zeug redet, und erklärt mir dann, dass doch ich gerade, mit dem Blick auf seine Freundin, behauptet hätte, dass diese Beziehung unangebracht sei. Und schlimm.

Es ruckelt. Als der Lift sich wieder bewegt, entspanne ich mich. Unangebracht, sage ich Paul, sei es, dass er feige seine Freundin seinen Müll sortieren ließe, wo er genau wisse, dass Frau Obst den ihrigen gerade ebenfalls entleert, und schlimm, dass dieser verdammte Lift in letzter Zeit immer öfter stecken bliebe. Ansonsten sei alles in Ordnung. Er könne gerne schlafen, mit wem er wolle. Ich lächele ihn strahlend an. Jetzt, wo wir uns wieder bewegen, fällt mir das leicht. Wir fahren in mein Stockwerk. Beim Aussteigen rufe ich ihm hinterher, dass die müllsortierende Frau wirklich viel, viel älter aussähe. Fast schon verlebt, möchte man sagen. Ich erwähne das nur, weil es ihm anscheinend wichtig ist.

FRIEDERIKE VS. BERGWALD

Man sagt, dass bei uns in Bayern die Uhren anders
ticken. Das ist natürlich Blödsinn. Hier, kurz nach
München, ist es jetzt genauso spät wie in Hannover
oder Wien. Trotzdem legen wir Bayern sehr viel
Wert auf Individualismus. Besonders wir Münchner,
die wir den öffentlichen Nahverkehr nutzen. Während gestern deutschlandweit große Teile des Schie-
nenverkehrs dank des Sturmweibs Friederike lahmge-
legt waren, kamen wir – ordentlich durchgeschüttelt
und mit verwehtem Haar, aber sonst unbeschadet –
fast störungsfrei durch den Tag. Wenn aber die halbe Nation ächzt und schimpft, dann wollen wir das
auch. Verspätet nehmen nun auch wir, die Münchner
S-Bahn-Fahrgäste, am Chaos teil. Nicht alle. Eigentlich nur die Fahrgäste der S7. Das man gerade uns
ausgewählt hat, verwundert nicht. Von allen Linien
sind wir mit Abstand die erprobteste, wenn es sich
um Störungen und Verspätungen handelt. Wir, die
S7 und ihre Fahrgäste, bewegen uns auf unserer
Strecke nämlich noch überwiegend eingleisig und
sind damit extrem anfällig für Störungen jeder Art.
Wir lächeln nur müde, wenn die Bahnen im Herbst
regelmäßig im gesamten Streckennetz ausfallen, weil
feuchtes Laub auf den Schienen liegt. Kein Nutzer
der S7 fragt sich, ob man die Bremsleistung der

neuen Bahnen nicht vielleicht doch so hätte konstruieren können, dass sie mit dem in Deutschland doch ab und zu fallenden Laub fertigwerden. Auch wundern wir uns nicht über schneefallbedingte Verspätungen im Winter. Mit reichlich Flocken kann man in Bayern schließlich nicht rechnen, und bei uns an der S7 kommt es darauf eh schon nicht mehr an. Wir sind nämlich die mit Abstand schwierigste Strecke. Die schönste und die schwierigste. Die S7 endet in Wolfratshausen, und bevor sie dort in den Bahnhof einfahren darf, schlängelt sie sich einen steilen Berg hinunter. Wunderschön. Sie sollten die Strecke unbedingt einmal fahren. An einigen Stellen sehen Sie tief ins Isartal hinab und blicken auf die Loisach, die sich dieses Tal mit ihrem Schwesterfluss, der Isar, teilt. Eine gefühlte Viertelstunde (ich habe nie auf die Uhr gesehen, weil ich mir lieber die Gegend ansehe) schlängelt sich das schmale Gleis der S-Bahn durch einen Wald, der passenderweise Bergwald heißt. Vielleicht heißt er anders, aber die Wolfratshauser nennen ihn ganz pragmatisch meist einfach so, wie er sich präsentiert. So ein schmales Gleis in einem Bergwald ist natürlich anfällig. Da hat man Verständnis. Ein kinderarmdicker Ast zwischen den letzten beiden Haltestellen reicht, um die gesamte Strecke bis zum Münchner Hauptbahnhof lahmzulegen. Die Münchner Verkehrsbetriebe bestreiten das und behaupten, dass ab Höllriegelskreuth alles zweigleisig ist und zumindest ab dort alles reibungslos läuft. Wer an der Strecke wohnt und arbeitet, weiß aber, dass diese Aussage ein Schmarrn ist. Wäre sie kein Schmarrn, dann wären Hunderte von Pendlern von extremer Blindheit geschlagen und würden sich ganz ohne Grund regelmäßig in Höllriegelskreuth die Beine in den Bauch stehen. Wir korrigieren die MVG nicht und sind geduldig. Auch wenn es wieder einmal ein Gewitter gegeben hat und ein Baum auf die Gleise kippt, man die Strecke wegen Sturm gar nicht erst befährt oder wenn ein ganzes Stück vom Bergwald abrutscht und man die letzte Station über Wochen in einem, grundsätzlich nicht am Bahnhof wartenden, Pendelbus bestreiten muss. Wir kennen das, und wir sagen schon lange nichts mehr. Gestern also waren wir vorbereitet und konnten gar nicht glauben, dass die S7 um 17.27 Uhr in Pullach einfuhr, als wäre nichts gewesen.

Im Wagon machte sich Unruhe breit. Was ist mit dem Bergwald los? Es erschien uns unmöglich, dass dieser den ganzen Tag von Friederike angeblasen wurde, ohne sich bemerkbar zu machen. Freilich, so schlimm war es bei uns nicht. Aber einen kinderarmdicken Ast konnte man durchaus erwarten. Die Ersten telefonierten mit Familie und Freunden in Wolfratshausen. Ob der Bergwald in Ordnung sei, wollten sie wissen. Nicht, dass er am Ende einem großen Feuer oder einer Übernachtrodung zum Opfer gefallen sei und einzig die tapferen, in die Jahre gekommenen Schienen standgehalten hätten. Wir sorgten uns. Erkundigten uns beim Schaffner und ernteten ein hilfloses Schulterzucken. Auch er machte sich Sorgen. So lange störungsfrei sei er noch nie bei Wind und Wetter gefahren. Ganz erschöpft sei er schon, weil er zu wenig gegessen und getrunken hätte und sich ganz auf die zu erwartenden Zwangspausen verließe. Verstört gingen wir nach Hause, und ich bin sicher, dass ich nicht die Einzige war, die in dieser Nacht schlecht schlief.

Seit heute Morgen geht es mir wieder gut. Wir hatten eine Stellwerksstörung, und auf der Strecke der S7 ging nichts mehr. Zwischen Mittersendling, was noch recht nah an der Innenstadt ist, und Solln, einem Vorort, ging gar nichts mehr. Endlich durften auch wir schimpfen, ächzen und lamentieren. Wir durften frieren, durften uns den Regen aus den Mänteln klopfen und – ganz besonders schön – wir durften über den Schienenersatzverkehr schimpfen. Der freut uns immer besonders. 500 Fahrgäste rennen über Bahnsteige und durch Tunnel, um möglichst schnell am Sammelpunkt für den Ersatzverkehr zu sein. Heute Morgen bestand er aus vier Großraumtaxen. Für 500 Personen. Auch ohne viel Phantasie können Sie sich vorstellen, was da los war.

Geschimpft haben wir übrigens nicht über die Störung des Stellwerks. Das kennen wir. Wir fanden es nur etwas unfair, dass wir erst ganze 18 Stunden später an dem uns so vertrauten und liebgewonnenen Chaos teilnehmen durften.

162

FREDI IST TOT. SEIN BRUDER AUCH.

Fredi sei letzten Sommer gestorben, sagt die Frau im Bus neben mir. Sie sagt es recht fröhlich und ganz ohne Trauer in der Stimme. Das allein ist kein Grund zur Verwunderung. Der letzte Sommer ist nun auch schon eine Weile her, und jemand namens Fredi war wahrscheinlich doch schon etwas älter. Der Name ist nicht mehr modern. Wobei ... so genau weiß man das ja nie. Mein Neffe heißt Albert und ist, auch wenn er widersprechen würde, noch ein Kind. Mein Albert ist so frisch, modern und voller Leben, dass er dem alten Namen neuen Schwung einhaucht. Fredi aber war sicher kein Kind, denn egal wie viele Sommer es her ist, über den Tod eines Kindes spricht man in der Regel nicht fröhlich lachend. Acht Jahre war er, sagt die Frau neben mir, und ich drehe ganz automatisch den Kopf in ihre Richtung. Acht Jahre! Ach, du meine Güte. Allein der Gedanke, dass so junges Leben vergeht, macht einen doch traurig. Vielleicht litt er recht, der arme Fredi, und es war eine Erlösung. Das kommt im Leben, auch im ganz jungen, ja gar nicht so selten vor. Aber nein. Fredi sei in ein Auto gerannt, der Depp, berichtet die Dame neben mir, und ich empfinde ihre Wortwahl als doch recht ungewöhnlich. Ein Kind ist oft ein Depp. Gerade in Bayern ist das ja fast schon ein Kosewort. Aber ob ich jetzt ein bei einem Autounfall verunglücktes Kind als Depp bezeichnen würde, bezweifele ich stark. Eine andere, die der Erzählenden gegenübersitzt, zuckt mit den Schultern. Das sei ja nicht ungewöhnlich. Grad in Deisenhofen, wo die Straße ohne Geschwindigkeitsbegrenzung mitten durch den Ort geht, muss man mit so etwas ja rechnen. Man fragt mich nicht, aber ich würde, falls man mich doch noch fragt, vehement widersprechen. Nein, mit so etwas rechnet man nicht. Mit so etwas rechnet man doch im Leben nicht. Selbst wenn das Kind ein richtiges Depperl war und den Kopf den ganzen Tag mehr in den Wolken als auf der Straße hatte. Die Frau widerspricht mir, ohne dass ich etwas gesagt habe, und bekräftigt die andere. Ja, freilich, man müsse damit rechnen. Auch wenn es natürlich schwerfiele, weil man sich doch arg aneinander gewöhnt habe. Na, wenigstens das, denke ich mir und überlege, ob sie alt genug ist, eine Nachkriegsgeschichte zum Besten zu geben. Da war man womöglich so abgestumpft und traumatisiert, dass man ... aber nein, es war ja der letzte Sommer, als der Fredi zam'g'fahrn worden ist.

Sein Bruder sei auch tot, höre ich und werde aus meinen Gedanken gerissen. Ob es der Hansi wäre, wird nachgefragt, und ich sehe aus dem Augenwinkel ein Nicken. Ja, der Hansi. So ein schöner Kerl sei es gewesen. Aus dem gleichen Wurf, und gerade erst hätte man ihm eine Wurmkur verpasst.

Schad' um den Hansi, denk' ich mir, bevor ich mich wieder auf mein Buch konzentriere. Aber mit so etwas muss man rechnen. Gerade in Deisenhofen, wo die Straße ohne Geschwindigkeitsbegrenzung mitten durch den Ort geht.

Leerer Platz

Fast jeden Freitag sehe ich das alte Ehepaar in der Bahn sitzen. Wenn ich nach Hause fahre, machen sie sich auf den Weg in die Stadt. Einholen gehen sie. Das weiß ich, weil er es immer murmelt, wenn er sich etwas schwerfällig in den Sitz am Fenster fallen lässt. Seine Schwerfälligkeit ist dem Alter geschuldet und scheint ihn selbst zu überraschen. Jedes Mal sortiert er schmunzelnd seine Arme und Beine, klemmt den Gehstock umständlich zwischen Sitz und Abfallkasten und atmet dann einmal tief durch, bevor er auf das Polster neben sich klopft und seiner Frau die Hand reicht, damit auch sie sich setzen kann, ohne das Gleichgewicht zu verlieren. Sie sind ein eingespieltes Team. Beide sicher in ihren Neunzigern, und doch noch immer mit hellwachem Blick. Ich freue mich, wenn ich sie sehe, mag ihre leisen, angenehmen Stimmen und höre ihnen gerne ein paar Stationen lang zu. Fast immer ist die Innenstadt ihr Ziel. Auch wenn der Weg aus einem Münchner Vorort längst beschwerlich geworden ist, fahren sie jeden Freitag mitten in die Menschenmassen, um dort ihre Besorgungen zu erledigen. Draußen vor der Stadt scheint es ihnen manchmal zu still und zu ruhig zu werden. Erst im Herbst hörte ich sie lange beratschlagen, wo man die besten Pfifferlinge erwerben könnte. Leise und mit sanftem Spott zog er, der alte Herr, seine Frau auf. Ob man sie nicht vielleicht gleich in Augsburg kaufen solle. So viel weiter sei das mit dem Zug ja auch nicht mehr. Sie nahm es ihm nicht übel, schob ihre Hand unter die seine und sah an ihn gelehnt in seine Zeitung. Das macht sie oft, und vor einigen Jahren sind sie mir wegen dieser liebevollen Geste aufgefallen. Da sitzen zwei, die vielleicht schon seit siebzig Jahren verheiratet sind, und nehmen sich noch immer beständig bei der Hand. Schön sieht das aus, und schön sind auch die beiden. Wunderschöne alte Gesichter, die Geschichten erzählen, selbst wenn sie still und in sich versunken nur nebeneinandersitzen. Sehr gepflegt und immer fesch angezogen, verharren sie nicht in ihrem Vorort, sondern machen sich immer wieder auf, um unter Leute zu kommen. So nennt sie es, und er nickt. Nur daheim, da wird man ja blöd, pflichtet er ihr bei, und wer ihnen zuhört, vermutet, dass die Pilze nur ein Grund sind, um zum Viktualienmarkt zu fahren. Mit einem Grund und einem Ziel fährt es sich leichter, gerade wenn das Wetter schlecht ist und die beiden recht vorsichtig einen Fuß vor den anderen setzen. Fallen wird, wenn, dann nur er. Denn den Arm oder die Hand seiner Frau hält er immer so fest, dass man sich sicher ist, dass er sie niemals fallen lassen würde. Eher schmeißt er sich auch noch im hohen Alter auf den Boden, als dass ihm seine Frau im rutschigen Matsch entgleitet.

Ein schönes Paar. Wahrscheinlich schon immer, aber im Alter ganz besonders.

Am Freitag vor Weihnachten sah ich ihn das erste Mal allein einsteigen. Um einiges schwerfälliger als sonst sank er auf den Platz am Fenster, wurde wütend, als der Gehstock nicht so wollte wie er, und presste die Lippen so fest aufeinander, dass man sich schwer vorstellen konnte, dass diesen Mund in der Bahn sonst immer ein Lächeln oder ein Schmunzeln umspielt. Er gefiel mir nicht. Es ging ihm nicht gut, das sah man. Wenn man sich aber nicht kennt, dann kann man nichts sagen, weil man ja nichts weiß. Der Platz neben ihm war leer. Als könne er es nicht glauben, tastete seine Hand immer wieder auf das Polster des Sitzes, klopfte ins Leere und zog sich dann zurück. Er brauchte seine Hand. Brauchte sie, um umständlich ein Stofftaschentuch aus der Jacke zu ziehen und es an die Augen zu pressen. Er wischte sich die Augen, wie es Männer machen, die selten weinen und die anderen gerne glauben machen wollen, dass sie nur erkältet sind. Leise schimpfte er über seine feuchten Augen und starrte mit nassem Blick aus dem Fenster, während seine Hand wieder über den leeren Platz neben sich wanderte.

Auch heute, obwohl nicht Freitag ist, sitzt er in der Bahn. Groß ist er. Früher muss er eine stattliche Erscheinung gewesen sein. Er ist es noch heute. War es, bis kurz vor Weihnachten. In nur wenigen Tagen ist er kleiner und zerbrechlicher geworden, und seine breiten Schultern sind nach vorne gefallen. So schnell altert man nur, wenn man plötzlich allein ist. Seine Frau ist ihm jetzt wohl doch entglitten. Der schwarze Mantel scheint neu zu sein. Vor Weihnachten hätte er gepasst. Jetzt ist er ihm zu groß.

GESPÜLT, ABER NICHT GESCHLEUDERT

Frauen, die sich einen deutlich jüngeren Liebhaber zulegen, verstehe ich nicht. Zum einen käme ich mir mit so einem älter vor, als ich bin, zum anderen bin ich mir sehr sicher, dass ein Mann ein gewisses Alter erreicht haben muss, bevor er erkennt, wann es besser ist, den Mund zu halten. Mein Nachbar Paul hat das gewisse Alter erreicht. Ohne zu wissen, wie alt genau er ist, erkenne ich das gewisse Alter heute an seinem Schweigen. Er grüßt mich im Waschkeller nur mit einem Kopfnicken und schließt seinen Mund, nachdem er mir in die Augen gesehen hat, sofort und fest. Paul ist ein kluger Mann. Nur ein Wort, egal welches, und ich hätte zu schreien begonnen. Ihn an, das Haus zusammen und überhaupt. Nur ein Wort, und ich hätte geschrien. Es gibt diese Tage, an denen man bereits mittags weiß, dass es ein Fehler war, überhaupt aufgestanden zu sein. Meistens ist es dann zu spät. Der Tag ist bereits in vollem Gange, und an eine Flucht ist nicht mehr zu denken. Ich hätte es heute Morgen bereits ahnen müssen. Da stellte ich fest, keinen Kaffee mehr im Haus zu haben. Das passiert mir nur alle zehn Jahre und ist ausnahmslos immer ein schlechtes Omen. Ohne Kaffee mag ich das Haus nicht verlassen. Ich hätte es besser auch nicht getan. Auf dem Weg nach un-

171

ten ist mir im Treppenhaus die Mülltüte gerissen, und ich verbrachte eine Viertelstunde damit, den feuchten Kaffeesatz der Vortage von den Stufen zu wischen. Frau Obst, meine Nachbarin, passte auf, dass ich es auch gründlich genug machte. Sie muss direkt hinter dem Türspion gestanden haben. Anders ist es nicht zu erklären, dass sich ihre Türe Bruchteile nach meinem beherzten »Scheiße!« öffnete. Da sie nun schon einmal neben mir stand, erklärte sie mir auch gleich noch, dass ich bloß nicht auf die wahnwitzige Idee kommen solle, meinen Christbaum pünktlich zu Heilige Drei Könige abzuschmücken. Sie hätte das Monstrum durch mein Küchenfenster gesehen und könne sich vorstellen, dass das Zerlegen nicht geräuschlos vonstattengehen würde. Und Ruhe würde sie an diesem Samstag, der in Bayern ein Feiertag ist, von den Mietern verlangen. Allenfalls könne ich die Nadeln in meiner Wohnung mit der Hand aufsammeln, informierte sie mich. Einen Staubsauger am Feiertag würde sie nicht tolerieren. Dass ich Frau Obst tolerierte, oder besser ignorierte, lag nur daran, dass ich ganz froh war, dass sie mich an den bevorstehenden Feiertag erinnerte. Den hatte ich vergessen und war dankbar, am Wochenende nicht vor einem leeren Kühlschrank sitzen zu müssen.

Muss ich jetzt aber doch. Obwohl ich mir in der Arbeit noch drei Rezepte aus dem Internet gesucht habe, in der Bahn einen Einkaufszettel schrieb und mich zwischen all die anderen Feierabendeinkäufer quälte, musste ich meinen Korb an der Kasse zurück lassen. Meine EC-Karte ist zum Jahresende abgelaufen, und ich schwöre, dass ich keine neue erhalten habe. Ebenfalls einen Schwur könnte ich betreffend meines Kontostandes leisten. Entgegen des saublöden Kommentars von Herrn Meier, der im Rewe hinter mir stand, ist mein Konto nämlich nicht im Minus. Herr Meier ist übrigens jenseits des gewissen Alters. Wäre er nur zwanzig Jahre jünger, hätte ich ihn gebeten, doch bitte seinen Mund zu halten, weil es wirklich peinlich ist, wenn einer in einer Supermarktkassenschlange behauptet, man sei pleite. Noch peinlicher wird es, wenn die genervte Kassiererin erst überzeugt werden muss, dass sie die Kreditkarte als Zahlungsmittel akzeptiert, und man dann feststellt, dass die nur mit PIN und nicht mit Unterschrift funktioniert. Ich kenne die PIN der Kreditkarte nicht. PIN, lacht Herr Meier. Als ob das der Grund sei.

Die alte Schulfreundin, die ich zum Essen zu mir eingeladen habe, quittiert meinen Vorschlag, doch lieber etwas essen zu gehen, mit dem Hinweis auf meine Kinderlosigkeit. Es hätte sie schon gewundert, dass ich kochen möchte. Ihrer Erfahrung nach sind Frauen, die sich noch nicht vermehrt haben, da ja eher hilflos. Ich habe das Treffen ins nächste Jahr verschoben, weil mir einfiel, dass ich nur noch fünf Euro in der Tasche habe und das für die außerhäusige Nahrungsaufnahme nicht reichen dürfte. Auch. Und weil ich ahnte, dass wir uns nicht mehr viel zu sagen haben werden.

Jetzt stehe ich vor der Waschmaschine, die meine letzten zwei Fünfzigcentstücke geschluckt hat und sich kurz vor dem Ende des Waschgangs dazu entschlossen hat, meine Wäsche lieber in der Lauge liegen zu lassen, als zu spülen und zu schleudern. Ohne ein weiteres Geldstück wird sie sich dazu auch nicht überreden lassen. Ich sehe Paul an. Ohne etwas zu sagen, öffnet er seinen Geldbeutel und wirft eine Münze ein. Danke, sage ich, setze mich auf die zweite Maschine und versuche mir einzureden, dass ich das Wochenende auch mit leerem Kühlschrank, ohne EC-Karte und ohne Geld überleben werde. Meine Familie freut sich sicher über einen Besuch. Bevor Paul mich allein lässt, dreht er sich an der Tür noch einmal um und zückt erneut sein Portmonee. Schweigend reicht er mir einen Fünfzigeuroschein und spricht dann doch. Ich müsse es ihm nicht zurückbezahlen. Er kenne das von früher. Kurz nach Weihnachten würde das Geld schon mal knapp, und ich solle mich melden, wenn es nicht reiche.

Wenn ich wieder sprechen kann, ohne zu schreien, läute ich bei Herrn Meier und frage ihn, wem er noch alles von meiner angeblichen Zahlungsunfähigkeit erzählt hat. Dann kann ich mich auch gleich bei Paul entschuldigen; an dem bin ich – mit dem Schein in der Hand – nämlich vorbeigerauscht, ohne ein Wort zu sagen. Wenn er verspricht, den Abend über nichts zu sagen, teile ich mit ihm die Flasche Wein und den Lachs, den ich eben in einem anderen Supermarkt erstanden habe. Außerdem kann ich dann um eine weitere Münze bitten. Die Maschine hat gespült, aber nicht geschleudert.

ANNAS FÄDEN

Fast wäre sie zerbrochen. Unsere Freundschaft. Es fehlte nur ein kleines Stück, vielleicht ein halbes Jahr, und die Reste dessen, was sie zusammenhielt, wären uns durch die Finger gerutscht, ohne dass wir etwas dagegen getan hätten. Anfangs hätten wir es vermutlich gar nicht gemerkt. Einer so langen Freundschaft wie der unseren unterstellt man, dass sie ewig anhält. Man erinnert sich an den Anfang, kann den Zeitpunkt, an dem man sich näherkam, noch ganz gut benennen, vermag aber nicht mehr zu sagen, wann man so nah zusammenrückte, dass eine Trennung unvorstellbar wurde. Seltsamerweise sind es oft die besonders tiefen Freundschaften, die sich leise verabschieden. Sie sind ein so starkes Seil, dass es nicht auffällt, wenn die ersten Fäden sich lösen. Es gibt so viele von ihnen, fest ineinander geschlungen, dass man den einen nicht vermisst und sich leichtsinnig auf die vielen anderen verlässt. Wir waren zwei. Schon immer oder doch schon so lange, dass viele uns gar nicht ohne unsere Freundschaft kannten. In- und auswendig kannten wir uns. Verschieden genug, um sich nicht zu langweilen, und ähnlich genug, um gemeinsam dem stärksten Sturm standzuhalten. In manchen Jahren stand ich vor dir, in anderen versteckte ich mich in deinem Windschatten. Um uns herum änderte sich alles und blieb doch gleich, weil wir uns nahe blieben. Unvorstellbar, dass es nicht mehr so sein könnte.

Es war ein Sommertag, als sie mich fragten, wo du die letzten Samstage gewesen wärst. Natürlich wusste ich es, konnte Auskunft geben und bemerkte doch das erste Mal die feinen gerissenen Fäden. Es ist leicht zu wissen, wo sich ein Mensch befindet. Ungleich schwerer ist es, zu erahnen, wie es ihm geht. Ich wusste es nicht. Saß in der Sonne, aß einen Happen, lachte und scherzte mit Freunden und fragte mich, warum ich nicht wusste, wie es dir ging. Die Fäden reißen leicht. Ein paar Verabredungen zu viel abgesagt – macht ja nichts, man weiß ja, wo der andere zu finden ist. Irgendwann fragt man nicht mehr regelmäßig nach einem neuen Treffen, weil man ja zu wissen glaubt, dass es früher oder später sowieso wieder zustande kommt. Eine so enge Freundschaft braucht kein dauerndes Nachfragen. Sie hat Zeiten der Stille. Das ist normal. Wenn die Stille aber zu lange dauert und man sich nicht erkundigt, warum, reißt ein feiner Faden. Weil einer nicht mehr fragen will und einer nicht mehr gefragt hat.

Immer sind es die kleinen Fäden, die reißen. Auch in einer Beziehung. Da steht sie fest und verankert, und keiner macht sich die Mühe, die feinen Risse im Fundament zu kitten. Was seit Jahren steht, das bricht nicht. Was zwei seit Jahren zusammenhält, das reißt nicht. Und doch lösen sich die kleinen, feinen Fäden beständig. Auch die von Anna. Anna, die ich noch nie sah, und Anna, die ich zu kennen glaube. Ich kenne sie nicht. Kenne nur ihren Freund, der täglich mit mir S-Bahn fährt und der sie vor zwei Jahren mit so lieben Worten ins Bett schickte, dass ich mir sicher war, hier Zweien zuzuhören, die sich sehr liebten. Monate später machte ich mir Sorgen, als ich hörte, wie er am Telefon mit trauriger Miene »ich dich nicht« am Telefon sagte, und ich fürchtete, es könne Anna gelten und das Gegenstück zu den schönsten drei Worten sein. Ich weiß nicht, was oder wem die Worte damals gegolten haben, aber ich sehe und höre, dass sich ihre Beziehung ändert. Das einst schöne und feste Seil, das sie zusammenhält, ist an manchen Stellen schon ganz ausgefranst. Kleine Fäden lösen sich. Ich sehe es, wenn er während des Telefonierens weiter die Zeitung liest. Wenn er ihr ins Wort fällt und wenn er, aus dem Fenster blickend, die Augen verdreht. In der S-Bahn sitzt mir ein Mann gegenüber, der nur widerwillig ein Telefonat annimmt und den Namen »Anna« wie zähen Kaugummi von einer Backe zur anderen schiebt. Möglich, dass sie eine schwere Zeit haben. Möglich, dass es sie unvorhergesehenes kräftig durchschüttelt und -rüttelt. Das geht den meisten Lieben so. Das Seil, das zwei verbindet, reißt selten im Sturm. Es ist extrem belastbar und erstaunlich dehnbar. Nur der Alltag und die kleinen Unachtsamkeiten, die man für unwichtig hält und leicht übersieht, die schaffen

179

es häufig, das Seil zu zerstören. Faden für Faden löst es sich. Man merkt es nicht. Andere merken es nicht, und ein kleiner gerissener Faden hat noch kein Seil kaputt bekommen. Und doch – wenn es nur genug Fädchen sind, wenn man nur genug schabt und kratzt – dann schafft man es. Die Zeit ist hier kein guter Freund.

Heute sagte er am Telefon zu Anna, dass es gerade blöd sei. Man sah ihm an, dass er nicht reden wollte. Aber dann lächelte er und sagte mit warmer und weicher Stimme, dass er einfach ein wenig Zeit brauche. Ich weiß nicht, wofür, und ich weiß nicht, wie lange. Ich bin ja nur ein stiller Zuhörer. Sein Lächeln aber war so warm und weich wie am Anfang. Auch wenn Anna es nicht sah, mit seinem Lächeln knüpfte er ein paar neue Fäden. Das ist ebenso leicht wie das Zerreißen, und das ist ein großes Glück. Auch wir brauchen neue Fäden. Das Seil unserer Freundschaft beginnt bereits zu reißen, und du merkst es nicht.

Du Depp, Sie Depp, die Deppen

Herr Mu und ich sind jetzt per du. In Bayern geht das manchmal ganz schnell und ohne dass es einer dem anderen anbietet. Auf dem Berg zum Beispiel. Oder beim zufälligen Feststellen gleicher Interessen oder spontaner Sympathie. Noch häufiger auch bei ausgeprägter Antipathie. So ist eine Betitelung von »Sie Rindvieh« selten und das »ess (3. Person Plural) Deppen« weit geläufiger. Bei Herrn Mu und mir war es ähnlich.

Seit heute Nachmittag erleben wir hier in München einen für die Jahreszeit nicht ungewöhnlichen Wintereinbruch mit dicken Flocken und einer auf den Gehwegen geschlossenen Schneedecke. Auf einer solchen rutschte eben Herr Mu aus. Ihm hat's richtig die Füße weggezogen, und ich hätte mir Sorgen gemacht, wenn sein Schimpfen nicht augenblicklich eingesetzt und reichlich derb geklungen hätte. Der Inhalt seiner Einkaufstaschen verteilte sich auf der weißen Pracht, und ich dachte mir: »Du alter Depp!« Ich dachte diese unfreundliche Formulierung, weil ich sah, dass er Birkenstock-Schlappen trug, und weil ich natürlich doch erschrocken bin und mir um den alten Herrn Sorgen machte.

Erst als Herr Mu »Du, gäh! Vorsicht! I gib da glei an oiden Deppen!«, rief, bemerkte ich, dass ich wohl laut gedacht hatte. Weil Herr Mu aber grinste, grinste ich auch und schimpfte ihn, seine Einkäufe einsammelnd, noch ein bisschen weiter aus, bevor ich ihm meinen Arm hinhielt und darauf bestand, ihn nach Hause zu bringen. Mit den Schuhen im Schnee ... recht intelligent sei das nicht, murmelte ich und schlenderte mit ihm gemeinsam zu seiner Wohnung. Dass Herr Mu fast genau mir gegenüber wohnte, war mir neu, und wir unterhielten uns so nett, dass ich nicht mehr auf den Schnee achtete und kurz vor seiner Haustür fast der Länge nach hinfiel. Nur fast, denn Herr Mu, der sich bei mir untergehakt hatte, riss mich gerade noch nach oben. Jetzt war er mit dem Schimpfen an der Reihe. Er hätte nicht viel Ahnung von Schuhen, teilte er mir mit, aber dass das da an meinen Füßen auch nicht für Schnee geeignet war, würde auch er erkennen. »Aber sie g'falln da, oder?«, zog er mich feixend auf und bestand darauf, mich nun seinerseits über die Straße bis zu meiner Wohnung zu begleiten, was ich rigoros ablehnte, indem ich mehrfach auf seine windigen Schlappen deutete.

Mein etwa achtzigjähriger Nachbar, Herr Meier, kam vom Einkaufen und blieb neben uns stehen. Er sah uns kurz von oben bis unten an, blieb mit dem Blick an unseren Schuhen hängen und murmelte: »Oana bläda wia da andere.«[1] Herr Meier umgeht

---

[1]Einer dümmer als der andere.

die »Du oder Sie«-Frage übrigens fast immer, indem er die Menschen einfach gar nicht direkt anspricht, sondern – direkt neben ihnen stehend – über sie spricht. Auch das ist in Bayern sehr beliebt.

KOMÖDIE ODER TRAGÖDIE

Im Bus sitze ich immer ganz hinten. Damit ich dort einen Platz finde, steige ich immer schon eine Station früher ein. Besonders in der Linie 54 muss man hinten sitzen. Während man vorne ordentlich in Zweiersitzen Platz nimmt und brav geradeaus blickt, sitzt man im hinteren Viertel etwas erhöht und sich paarweise gegenüber. Die letzte Reihe, die wichtigste, ist einem dabei ganz nah. Dort in der letzten Reihe spielen sich die zwischenmenschlichen Dramen ab. Eigentlich nur eines. Aber dieses eine spitzt sich seit Mitte August zu und sorgt dafür, dass vorne kaum noch einer sitzen möchte. Niemand möchte verpassen, mit wem Lilly am Vorabend geschlafen hat. Lilly hat keine Ahnung, wer ich bin, aber ich kenne Lilly seit einigen Wochen recht gut. Ich fasse es für Sie schnell zusammen: Lilly führt eine Beziehung mit Eugen, schläft mit Stefan, würde aber lieber mit Manuel das Bett teilen, der sich aber aufgrund der Freundschaft zu Eugen nicht für diesen Gedanken erwärmen kann. Ganz schön verzwickt, nicht wahr? Jeden Morgen freue ich mich auf diese Fortsetzungsgeschichte, die uns dank der lauten Telefonstimme von Lilly Tag für Tag präsentiert wird. Neuen Nutzern der Linie stellt sie sich sogar vor, indem sie ihre Telefonate mit »Ich bin's, die Lilly.«, beginnt. Man braucht schon ein recht robustes Schamgefühl, um so ins Detail zu gehen wie Lilly. Neue Fahrgäste reagieren irritiert bei Sätzen wie »Ne, ich hatte ja meine Tage«, alte Hasen wie ich wissen, dass jetzt eine knappe Woche nichts Interessantes passieren wird. Einmal im Monat ist Lilly unfreiwillig treu. Und auch etwas langweilig. Wenn sie ihre Tage hat, dann schläft sie weder mit Eugen noch mit Stefan und hat schlechte Laune. Manchmal sitzt sie dann stumm und in sich gekehrt auf der Bank und kaut über viele Stationen an ihren Fingernägeln. Meistens aber nutzt sie die Tage der Tage, um sich telefonischen Rat bei ihren Freundinnen zu holen. Dieser wird besonders seit den Weihnachtsfeiertagen dringend benötigt. Wie schlimm es um das emotionale Gleichgewicht von Lilly steht, ahnten wir, die anderen Fahrgäste, nicht. Lilly ist mittlerweile so verzweifelt in Manuel verliebt, dass sie ihm – bei Nichterwiderung ihrer Gefühle – droht, nicht nur dem Bus, sondern auch seiner Freundin von ihrer Verliebtheit zu erzählen. Allerdings, und das macht die Sache kompliziert, findet Manuel die Idee gar nicht so schlecht. Noch wäscht er seine Hände ja in Unschuld und kann darauf hoffen, dass Eugen die Sache regelt.

Lilly hat die Idee allerdings schon wieder ad acta gelegt und verabredet sich mit Freundin A zum Kauf von Dessous und bittet Freundin B, sie in diesen zu fotografieren. Dass diese Fotos nicht für ihren

Freund sein werden, ahnt man, vor allem weil die Einkäufe keinesfalls, so sagt Lilly, in ihren vier Wänden aufbewahrt werden können. Für Stefan, den puren Beischläfer, sind sie aber auch nicht mehr. Lilly schläft jetzt mit einem Mann, den sie, ungewohnt scheu, nur als »du weißt schon« betitelt. Wir sind deswegen ein wenig beleidigt. Nicht nur, weil es leichter war, die Herren anhand ihrer Namen auseinanderzuhalten, sondern auch, weil wir leichtes Misstrauen spüren und etwas verunsichert sind. Schließlich haben wir die Rolle des stillen Mitwissers schon lange inne, und fast sind wir versucht, zu glauben, dass Lilly nicht mehr auf unsere Verschwiegenheit vertraut. Wie Recht wir mit unserer Vermutung haben, zeigte sich heute Morgen.

Da saß auf der Rückbank neben Lilly ein junger Mann, der wirklich ausgesprochen gut zu ihr passte, denn auch er stellte sich vor. Kaum Platz genommen, nahm er sein Handy und begann das Telefonat mit: »Ich bin's, der Eugen.« Das war er also, der Eugen. Eugen, der Freund von Lilly. Eugen, der Kumpel von Manuel und Stefan, dem seit Monaten Hörner aufgesetzt wurden. Wir alle, die wir regelmäßig um kurz vor halb sieben mit dem Bus Nr. 54 fuhren, sahen ihn neugierig an. Er merkte es, dank seines Telefonates, nicht. Wohl aber Lilly. Der schien schlagartig bewusst zu werden, dass jeder, aber auch wirklich jeder, der hinten im Bus saß, etwas wusste, was ihr Freund auf keinen Fall erfahren durfte. Ungewöhnlich still saß sie in der letzten Reihe und wich den Blicken aus, die teils amüsiert, teils unangenehm berührt auf ihr ruhten. Besonders schwer müssen die vorwurfsvollen Blicke auf ihren Schultern gelegen haben. Denn auch wenn es uns nichts angeht, auch wenn manche von uns heimlich geschmunzelt haben – ein wenig leid hat Eugen uns allen getan. Jetzt, wo wir ihn das erste Mal sehen, ganz besonders. Bei all der Komik, die zwischenmenschlichen Dramen so oft innewohnt, bleiben es Dramen. Eugen weiß noch nicht, dass er in einem solchen die Hauptrolle spielt. Er wird es wissen, wenn sich die Komödie der Linie Nr. 54 für ihn zu einer Tragödie entwickelt.

Besuch beim Wickerl

Immer wenn ich zwischen zwei Besorgungen etwas Zeit habe oder das Wetter zu schön ist, um direkt nach der Arbeit nach Hause zu gehen, schlendere ich durch die Stadt. Besonders gerne über einen der alten Friedhöfe. Der Südfriedhof liegt nicht unbedingt auf meinem Heimweg, für ihn mache ich aber gerne einen kleinen Umweg. Besonders im Frühling, da ist er noch schöner als sonst. Er gehört zu jenen Friedhöfen, auf denen schon lange niemand mehr begraben wird. Zentral gelegen, nur wenige Minuten von Isar und Sendlinger Tor entfernt, ist er heute mitten in der Stadt ein ruhiger und stiller Ort. An manchen Stellen, besonders wenn es neblig oder schon dämmrig ist, auch ein wenig schaurig. Kein Wunder, die Zeit steht hier still. Die jahrhundertealten Grabsteine sind verwittert und erzählen ihre eigenen Geschichten. Vom alten München und von seinen Persönlichkeiten. Fast möchte man meinen, sie liegen alle hier. Die Namen auf den Grabsteinen kennt man. Gärtner, Klenze, Schwanthaler, Spitzweg ... das sind heute die Namen bekannter Plätze oder Straßen. Freilich sind hier nicht alle, aber doch sehr viele. 1563 wurde er als Pestfriedhof vor den Toren der Stadt angelegt und war später Münchens erster Zentralfriedhof. Es ist ein Leichtes, die Stadt-

189

geschichte anhand der in Stein gemeißelten Namen zu verfolgen, und zugleich ein Genuss der besonderen Art. Die stille Atmosphäre zwingt einen sanft, langsam zu gehen, und unter den alten Bäumen lässt es sich oft weit besser atmen als in der hektischen Stadt. Man muss sich bemühen, die alten Inschriften zu lesen. Obwohl viele der alten Grabsteine vor einiger Zeit restauriert wurden, zwingen einen die Jahrhunderte, genauer hinzusehen. Wer sich lieber etwas erzählen lassen will, kann sich einer der regelmäßigen Führungen anschließen. Schöner ist es aber vielleicht, sich treiben zu lassen. Zu lesen, zu schauen oder nichts zu machen. Nur gehen, atmen und – wenn man will – ein bisschen denken. Ich bin gern hier. Sie merken's. Heute war ich es auch. Eigentlich müde. Eigentlich von einem Berg Wäsche erwartet. Aber doch neugierig, ob nicht vielleicht heute einer der Tage war, an denen die Krokus- und Schneeglöckchenblüte ihren Höhepunkt erreicht hat. Genau so ein Tag war es. Die alten Grabsteine stehen nur noch selten vor umfriedeten Gräbern. Die Zwischenräume sind längst zu einer von alten Wurzeln durchbrochenen Wiese geworden. Und dazwischen Tausende und Abertausende von Frühlingsblumen. Schöner kann man kein Grab bepflanzen.

Vor dem Grab des Wickerl waren nur wenige Blumen. Es liegt an einer feuchten und etwas dunklen Stelle. Trotzdem ein schöner Ort. Im Hochsommer angenehm schattig, unter einer Baumkrone, und Ge-

190

borgenheit ausstrahlend. Ich weiß nicht, wer das Wickerl war und wann es gestorben ist. Weiß nicht, ob es schon so lange hier liegt, dass der schon sehr verwitterte Grabstein ein Hinweis für ein weiter zurückliegendes Jahrhundert ist, und ich habe mich nie erkundigt, ob die Platte der Grabinschrift irgendwann restauriert wurde oder all die Jahre überstand. Es ist mir auch egal. Seit ich vor zwanzig Jahren zufällig an diesem Stein vorbeigekommen bin, besuche ich das Wickerl ab und zu. Ein herziges Kind war es. So steht es auf dem Stein:

Hier ruht
unser
heissgeliebtes
herziges Kind
Wickerl
Alexandra Franck

Als ich das erste Mal vorbeikam, rührten mich die Worte. Heißgeliebtes Kind ... da steckt viel darin. Viel Liebe und viel Schmerz. Ich bilde mir ein, dass es ein sehr kleines Kind gewesen sein muss. Ein Kind, das in seinen Namen noch nicht hineingewachsen ist. Das kleine Mädchen war noch keine Alexandra. Niemand nannte es so. Es war noch das Wickerl der Familie. Heißgeliebt und herzig. Ein kleiner Schatz, der aus den Armen von denen gerissen wurde, die es warmherzig ihr Wickerl nannten.

Das Grab vom Wickerl macht mich nicht traurig. Es liegt hier schon so lange, dass es – so möchte ich glauben – seinen Frieden längst gefunden hat. Etwas von ihm aber ist noch hier. Dort unter den Bäumen, zwischen viel Geschichte und alter Erde ist ein winziger Teil von ihm auf dem Alten Südfriedhof geblieben. Man merkt es, wenn man vor seinem Grab steht. Nein, man hört kein Kinderlachen, und kein kleiner Geist lugt hinter dem Baumstamm hervor. Es ist nur ein schönes und ruhiges Gefühl, das einen beschleicht, wenn man beim Wickerl steht. Und das ist gut. Kein heißgeliebtes und herziges Kind sollte vergessen werden.

Wenn Sie einmal in München sind, schauen Sie bei ihm und den anderen vorbei. Glauben Sie mir, es ist genau der richtige Ort, um sich von München zu erholen und gleichzeitig ganz von selbst Jahrhunderte Münchner Geschichte einzuatmen.

FRÜHLING JETZT

Als ich gestern Vormittag vor das Haus trat, war er da. Der Frühling. Wenn Sie in und um München wohnen, dann wissen Sie, dass wir gestern den ersten Frühlingstag hatten. Obwohl es schon ein paar wenige milde und sonnige Tage gegeben hat – der Frühling begann gestern. Ich gehörte zu den glücklichen Menschen, die es noch im Bett liegend mitbekommen haben. Dank der Ostseite strahlt mir die Sonne am ersten echten Frühlingstag schon um 7.30 Uhr ins Gesicht, und ich muss mich nicht fragen, wie das Wetter ist. Das ist wunderbar, vor allem, wenn man am Vorabend erst um drei Uhr nachts nach Hause kommt. Noch vor zwei Wochen waren die Temperaturen im zweistelligen negativen Bereich, aber jetzt ist er da – der Frühling. Das Wetter allein macht noch keinen Frühling. Damit ein Tag als erster Tag dieser herrlichen Jahreszeit gelten kann, braucht es mehr. Es muss diese besondere Stimmung in der Luft liegen, dieses leise Knistern, das nach Aufbruch und Neubeginn riecht und zugleich vertraut und sanft schmeckt.

Schon im Bett habe ich es gerochen, geschmeckt und gespürt, und bin genau mit jenem Elan aufgesprungen, der mir irgendwann letztes Jahr Anfang November abhandengekommen ist. Jetzt ist er wieder da. Während ich mir noch die Zähne putzte, hörte ich bereits meine Nachbarin Judith. Durch das Badezimmerfenster rief sie mir zu, dass sie mir frische Semmeln mitgebracht hat. Sie liegen vor der Tür. Und ob wir nachher gemeinsam unseren Laubengang putzen möchten. Heute sei Frühling, und sie hätte Lust auf einen ersten Nachmittagskaffee in der Sonne. Ich auch. Mit Zahnpastaschaum im Mund rief ich eine knappe Bestätigung und sprang unter die Dusche. Ich musste mich beeilen, wenn ich noch vor acht Uhr im Supermarkt an der Ecke sein wollte. Gestern sah ich dort noch unzählige Töpfchen mit Primeln, Narzissen und frühen Veilchen stehen. Heute würden sie schnell ausverkauft sein. Im Winter kaufte sie keiner, und niemand interessierte sich für den kalendarischen Frühlingsanfang. Heute aber, heute war Frühling, und heute würden sie wie warme Semmeln weggehen, die schönen zarten Blümchen. Natürlich kann man solch schöne Blumen nicht auf einen vom Winter gebeutelten Balkon stellen. Ich schrubbte. Auf allen vieren. Mit Hingabe und schmerzendem Rücken. Aber in der Frühlingssonne. Ich pflanzte. Ich kehrte und saß am Nachmittag in der Sonne und trank ohne Jacke einen Kaffee in der Sonne. Um mich herum das Zwitschern der Vögel, die ebenfalls begriffen hatten, dass heute der Frühling begann. Das war echtes Glück. Flüchtig, aber wunderschön.

Frühling ist ansteckend. Einer fängt an, springt morgens aus dem Bett, spürt es und infiziert im Laufe des Tages alle anderen. Unser Haus hatte es gegen zehn Uhr morgens erwischt. Auf allen Balkonen wurde geschrubbt und gefegt, in den Fahrradkellern gepumpt und geölt, und selbst die Gemeinschaftsräume wurden mit vereinten Kräften auf Vordermann gebracht. Frau Eder aus dem Hinterhaus putzte die Fenster im Treppenhaus, Paul schraubte das Gitter am Lüftungsschacht im Müllhäuschen wieder an, und Herr Iwanow machte sich am Sicherungskasten im Waschkeller zu schaffen. Auch ich gab mein Bestes und begann, mit einer Packung Wattestäbchen bewaffnet, die Ritzen in unserem Treppengeländer zu reinigen. Die kleinen Staubflusen, die sich dort gefangen haben, regten mich schon seit Dezember auf. Nur unser Hausmeister war irritiert.

Verständnislos beobachtete er das quirlige Treiben und lief, seiner Aufgaben entledigt, durch das Treppenhaus. Man sah ihm an, dass er es als persönliche Beleidigung empfand, dass wir ihn an diesem Samstag unterstützten. Immer wieder hörte man ihn sagen, dass er dies oder das schon noch gemacht hätte. Er bat darum, den Schmutzfänger nicht auszuklopfen – das würde man sinnvollerweise erst machen, wenn der Splitt von den Gehwegen gekehrt wurde. Bitte, so hörte man ihn rufen, die Balkone nur fegen und keinesfalls unter Verwendung größerer Mengen Wasser schrubben. Die Abläufe sind seit der Renovierung noch nicht fertig installiert, und die dreckige Brühe der oberen Etagen landet bei den Mietern im ersten Stock. Es stimmt, hörte man Herrn Krüger leise murmeln, und ignorierte es doch. Der Dreck musste weg. Wir konnten nicht noch ein Jahr warten. Er solle doch vernünftig sein, flehte unser Hausmeister Herrn Iwanow an und verwies, sich die Haare raufend, auf Vorschriften, die den Einbau von re-importierten ukrainischen Sicherungen nicht gestatten. Herr Iwanow, der jahrelang schwarz auf dem Bau gearbeitet hat, lächelte nur müde. Vorschriften hätten wir in Deutschland viel zu viele. Kurzzeitig fiel der Strom aus, und unser Hausmeister wurde blass. Aber Herr Iwanow hatte die Sache im Griff, und da ein Teil der hauseigenen Putzkolonne kurzfristig im Lift feststeckte, wurde auch dieser auf Hochglanz poliert.

Unser Hausmeister kapitulierte, und als die Kneipe im Erdgeschoss des Hauses die Bierbänke nach draußen stellte, setzte er sich in die Sonne. Man hörte ihn nur noch leise etwas von Irrenhaus murmeln, bevor er den Kopf in den Nacken legte, die Augen schloss und sich ein Bier bestellte. Man kann es ihm nicht verübeln. Wahrscheinlich ist es wirklich nicht erlaubt, die Eiben und Kirschbäume im Innenhof auf eigene Faust zu stutzen. Wir taten es trotzdem. Allein schon, damit Frau Lukaseder, die im Rollstuhl sitzt, sich nicht ausgeschlossen fühlte. Von ihrem Balkon aus überwachte sie die Holzarbeiten. Vor dem Krieg, als Kind, hatte sie ihren Vater oft dabei beobachtet und weiß, worauf man zu achten hat. Meine Nachbarin Frau Obst war erstaunlich ruhig. Dank einer akuten Halsentzündung war es ihr unmöglich, den Frühjahrsputz lautstark zu kommentieren. Sie behalf sich, indem sie alle gegen die Hausordnung verstoßenden Tätigkeiten detailliert notierte, um sie bei der nächsten Eigentümerversammlung vorzutragen.

Kommen Sie gut durch den Frühling und lassen Sie die Finger vom Sicherungskasten. Herr Iwanow hat sich da doch etwas übernommen. Zum Glück ist es jetzt schon lange hell draußen.

NEIN!

Ich wittere eine Verschwörung! Da will mir einer meinen Job wegnehmen. Ach, was rede ich! Nicht nur einer, ein ganzes Komitee hat sich daran gemacht. Im ganz großen Stil möchte man mir hier das Wasser abgraben. Man will mich aufs Abstellgleis schieben und mich mundtot machen. Und das Schlimmste ist, dass man hierfür perfide und boshaft einen Zeitpunkt gewählt hat, an dem ich mich kaum bis gar nicht wehren kann. Man wartete, bis ich von der Außenwelt abgeschottet mit Fieber mehr tot als lebendig im Bett lag (böse Zungen unterstellen mir eine stinknormale Erkältung, aber jeder Mann kann nachfühlen, dass es mir wirklich sehr schlecht ging). Arglistig täuschte man Normalität vor, indem Montag und Mittwoch das kältebedingte Chaos auf der Stammstrecke der Münchner S-Bahn ausbrach, und zog im Hintergrund bereits die Fäden, um genau das künftig zu vermeiden. Wovon soll ich denn dann bitte künftig leben? Von meinen Erzählungen über die Nachbarschaft allein kann ich nicht leben, aber das wissen die ja nicht. Und wüssten sie es, dann wäre es ihnen wohl egal. Nein, nicht wäre – es *ist* ihnen egal.

Gestern, noch fiebrig im Bett gelegen, erreichte mich via WhatsApp ein Foto. Ob ich schon davon gehört hätte? Man hätte bei dieser Schlagzeile, »Ende des Chaos? Der Zukunftsplan für die Münchner S-Bahn«, sehr an mich denken müssen. Besonders nach der Lesung am vergangenen Samstag. Das Mindeste, sei ein Leserbrief, forderte die impulsivste meiner Kolleginnen und setzte an das Ende ihrer Nachricht einen lachenden Smiley, wo doch ein Weinender viel angebrachter gewesen wäre. Sie können sich vorstellen, wie ich die letzten beiden Tage meiner Krankheit verbracht habe? Nicht nur, dass ich mich fiebrig und nahe dem Tode von einer Seite auf die andere wälzen musste, nein, dank dieser Schlagzeile musste ich mir in meinem schmerzenden Kopf auch noch Sorgen machen. Sorgen um meine Existenz als Autorin. Denn sind wir ehrlich, ohne das Chaos der Münchner Verkehrsbetriebe fehlt meinen Büchern das Herz. Oder der Darm, die Lunge, meinetwegen auch die Milz – auf jeden Fall etwas ganz Wichtiges. Der Verstand wird ihm allerdings wohl nicht fehlen. Heute ging es mir besser, und ich habe mir den Artikel durchgelesen. Keine Sorge. Es wird alles beim Alten bleiben.

Der Autor des Artikels hat genau meinen Humor. Schreibt er doch, dass die S-Bahn momentan keinen Lauf hat. So kann man es auch nennen, wenn am Montagmorgen eine Großstörung alles lahmlegt und die Bahn am nächsten Tag im Rahmen einer Pressekonferenz erklären will, wie sie den Laden zukunftsfähig machen wird. Blöd, wenn die Konferenz an einem Ort stattfindet, wo zwar S-Bahnen hinfahren, die aber an diesem Tag, wegen einer weiteren Störung, schon wieder ausfallen. Ein paar haben es dann doch dorthin geschafft und konnten über die Pläne berichten.

Zunächst möchte man die Stammstrecke einzäunen und damit die »Personen im Gleisbereich« fernhalten. Eine super Idee. Lieschen Müller, die mit ihrem Rollator aus dem Altersheim geflohen ist und sich zwischen Hacker- und Donnersbergerbrücke befindet, wird künftig also nicht mehr ungewollt ins Gleisbett rollen. Wie sie da vorher hingekommen ist, bleibt allerdings ein Rätsel. Wenn Sie mich fragen, ist »Personen im Gleisbereich« ein Codewort für »Der Heinz ist noch in Mittagspause«, »Hat jemand die Schlüssel zum Kontrollraum gesehen?« oder für »Die Deppen können warten, wir lassen uns nicht hetzen«. Unmöglich, dass täglich Kinder, Demenzkranke oder abkürzende Pendler auf den Gleisen herumstolpern. Angeblich hat man schon 97 Prozent eingezäunt. Weniger sind die Personen am Gleis nach meinem subjektiven Empfinden nicht geworden. Wahrscheinlich rotten sie sich seit Monaten bei den frei zugänglichen 3 Prozent Gleisabschnitt zusammen oder krabbeln durch die Büsche, um dorthin zu gelangen.

Immer noch beliebt sind die Einstiegslotsen, die den Münchnern beibringen sollen, dass man innerhalb von 30 Sekunden ein- und aussteigen kann. Lieber Münchner Nahverkehr, wie gut das funktioniert, kannst du bei mir nachlesen. Gar nicht nämlich. Neben den Pendlern und Schulkindern stehen elf Lotsen so saublöd im Weg herum, dass alles noch a bisserl länger dauert. Seit dieser Woche noch mal länger. Nach der Lesung habe ich nämlich 40 hoch interessierte Münchner an den Hauptbahnhof geschickt, um sich die Lotsenarbeit selbst anzusehen. Sie alle haben mir versprochen, Videos zu drehen und sich mit einer Brotzeit mitten ins Getümmel zu stürzen. Ganz ehrlich, wenn der Münchner zu blöd zum Ein- und Aussteigen ist, dann haben wir weit dringendere Probleme als Einsteigehilfen. Das beweist auch, dass die Bahn jetzt eine Countdown-Uhr einführen möchte, die sicherstellt, dass der Zugführer die vorgeschriebenen 30 bis 40 Sekunden einhält. Ich stelle mir da etwas vor, was dicht über dem Schwarz des Tunnels hängt und die Sekunden, ähnlich wie bei einer tickenden Bombe, nach unten zählt. Was macht dann so ein Zugführer, wenn der Countdown bei 39 ist und noch halb München zwischen den Türen seiner U-Bahn hängt? Ich werde hier keine Vermutungen anstellen. Nur so viel ... für Lieschen Müller mit ihrem Rollator ist es dann vielleicht sogar auf dem Gleisbett an der Hackerbrücke sicherer, als bei Sekunde 40 halb drin und halb draußen zu hängen.

Das Beste zum Schluss: Dank einer GPS-Ortung soll man in einer App künftig die genaue Position des verspäteten Zuges sehen. Warum? Um ihm entgegenzulaufen? Um am Bahnsteig stehend auch den letzten Funken Hoffnung zu verlieren? Auch da ist ein Zaun dann vielleicht doch nicht so schlecht. Er hindert diejenigen am Sprung in die Tiefe, die dank der App schlagartig begreifen, dass sie ihren Flug definitiv nicht mehr erreichen werden.

Nichts wird sich ändern. Im Gegenteil. Ich glaube, es wird sogar noch viel, viel lustiger werden. Beruhigt begebe ich mich weiter in die Rekonvaleszenz. Und Ihnen kann ich versichern, dass dies hier sicher nicht mein letztes Buch über München, seine Menschen und seinen öffentlichen Nahverkehr gewesen ist.

Bis bald und herzliche Grüße, Ihre Mitzi.

Über Mitzi Irsaj

Mitzi Irsaj ist eine Münchner Autorin, Bloggerin und leidenschaftliche Geschichtenerzählerin. Seit Anfang 2015 veröffentlicht sie ihre Erzählungen auf dem gleichnamigen Blog und liest regelmäßig im Rahmen der Lesereihe des Münchner Theaterensembles Südsehen (www.suedsehen.de). Im Mai 2017 erschien »Mitzi aus dem Vorderhaus, 2. Stock«.

mitziirsaj.com

mitziirsaj.com/lesungen-print/

Foto: Oliver Metzner

MEHR BÜCHER

Mitzi aus dem Vorderhaus, 2.Stock – Von Herrn
  Meier, Paul und den anderen
  Mitzi Irsaj
  ISBN 9783744815093 (Taschenbuch)
  Auch als Ebook erhältlich

Mitzis Geschichten sind eine Aufforderung zur
Menschlichkeit und Liebe, am Beispiel von München
und seinen Bewohnern. Die einfühlsame und kluge
Beobachterin streift erzählend durch ihre Nachbarschaft und berichtet von amüsanten Situationen,
nachdenklich stimmenden Begebenheiten und dem
manchmal skurrilen Verhalten ihrer Mitmenschen.
Lesen Sie dieses Buch, wenn Sie schon immer
wissen wollten,
• warum ein Bikinihöschen eine Nachbarschafts-
krise auslösen kann,
• wie wichtig die Entscheidung zwischen rot und
blau bei der Wohnungssuche in München sein kann,
• wo in München Schnecken neben Toast Hawaii
auf der Speisekarte stehen,
• wie man ein Sofa mit dem öffentlichen Nahverkehr transportiert
• und warum man das Karma seiner Nachbarn
besser nicht verbessern sollte.